Franziska Humbert

Joseph Roth
Das Spinnennetz

Roman

Mit Illustrationen von Franziska Neubert

Büchergilde Gutenberg

Kapitel 1 Theodor wuchs im Hause seines Vaters heran, des Bahnzollrevisors und gewesenen Wachtmeisters Wilhelm Lohse. Der kleine Theodor war ein blonder, strebsamer und gesitteter Knabe. Er hatte die Bedeutung, die er später erhielt, sehnsüchtig erhofft, aber niemals an sie zu glauben gewagt. Man kann sagen: Er übertraf die Erwartungen, die er niemals auf sich gesetzt hatte.

Der alte Lohse erlebte die Größe seines Sohnes nicht mehr. Dem Bahnzollrevisor war nur vergönnt gewesen, Theodor in der Uniform eines Reserveleutnants zu schauen. Mehr hatte sich der Alte niemals gewünscht. Er starb im vierten Jahre des großen Krieges, und den letzten Augenblick seines Lebens verherrlichte der Gedanke, daß hinter dem Sarge der Leutnant Theodor Lohse schreiten würde.

Ein Jahr später war Theodor nicht mehr Leutnant, sondern Hörer der Rechte und Hauslehrer beim Juwelier Efrussi. Im Hause des Juweliers bekam er jeden Tag weißen Kaffee mit Haut und eine Schinkensemmel und jeden Monat ein Honorar. Es waren die Grundlagen seiner materiellen Existenz. Denn bei der Technischen Nothilfe, zu deren Mitgliedern er zählte, gab es selten Arbeit, und die seltene war hart und mäßig bezahlt. Vom wirtschaftlichen Verband der Reserveoffiziere bezog Theodor einmal wöchentlich Hülsenfrüchte. Diese teilte er mit Mutter und Schwestern, in deren Hause er lebte, geduldet, nicht wohlgelitten, wenig beachtet und, wenn es dennoch geschah, mit Geringschätzung bedacht. Die Mutter kränkelte, die Schwestern gilbten, sie wurden alt und konnten es Theodor nicht verzeihen, daß er nicht seine

Pflicht, als Leutnant und zweimal im Heeresbericht genannter Held zu fallen, erfüllt hatte. Ein toter Sohn wäre immer der Stolz der Familie geblieben. Ein abgerüsteter Leutnant und ein Opfer der Revolution war den Frauen lästig. Es lebte Theodor mit den Seinigen wie ein alter Großvater, den man geehrt hätte, wenn er tot gewesen wäre, den man geringschätzt, weil er am Leben bleibt.
Manches Ungemach hätte ihm erspart bleiben können, wenn zwischen ihm und seinem Hause nicht die wortlose Feindschaft wie eine Wand gestanden wäre. Er hätte den Schwestern sagen können, daß er sein Unglück nicht selbst verschuldete; daß er die Revolution verfluchte; daß er einen Haß gegen Sozialisten und Juden nährte; daß er jeden seiner Tage wie ein schmerzendes Joch über gebeugtem Nakken trug und in seiner Zeit sich eingeschlossen wähnte wie in einem sonnenlosen Kerker. Von außen her winkte keine Erlösung, und Flucht war unmöglich. Aber er sagte nichts, immer war er schweigsam gewesen, immer hatte er die unsichtbare Hand vor seinen Lippen gefühlt, immer, als Knabe schon. Nur das auswendig Gelernte, dessen Klang schon fertig und ein dutzendmal lautlos geformt in seinen Ohren, seiner Kehle lag, konnte er sprechen. Er mußte lange lernen, ehe die spröden Worte nachgiebig wurden und sich seinem Gehirn einfügten. Erzählungen lernte er auswendig wie Gedichte, das Bild der gedruckten Sätze stand vor seinem Auge, als sähe er sie im Buch, darüber die Seitenzahl und am Rande die Nase, gekritzelt in müßigen Viertelstunden.
Jede Stunde hatte ein fremdes Gesicht. Alles überraschte

ihn. Jedes Ereignis war schrecklich, nur weil es neu war, und verschwunden, ehe er es sich eingeprägt hatte. Aus Furchtsamkeit lernte er Sorgfalt, wurde fleißig, bereitete sich mit hartnäckiger Ruhelosigkeit vor, und wieder und wieder entdeckte er, daß die Vorbereitung noch zu mangelhaft gewesen. Aber er verzehnfachte seinen Eifer, brachte es bis zum zweiten Platz in der Schule. Primus war der Jude Glaser, der leicht und lächelnd, von Büchern und Sorgen unbeschwert, durch die Pausen strich, der in zwanzig Minuten den fehlerlosen lateinischen Aufsatz ablieferte und in dessen Kopfe Vokabeln, Formeln, Ausnahmen und unregelmäßige Verba zu wachsen schienen, ohne mühevoll gezüchtet zu werden.
Der kleine Efrussi war Glaser so ähnlich, daß Theodor Mühe hatte, vor dem Sohn des Juweliers Autorität zu bewahren. Theodor mußte eine leise, hartnäckig aufsteigende Zaghaftigkeit unterdrücken, ehe er seinen Schüler zurechtwies. Denn so sicher schrieb der junge Efrussi einen Fehler hin, so selbstbewußt sprach er ihn aus, daß Theodor am Lehrbuch zu zweifeln und seines Schülers Irrtum gelten zu lassen geneigt war. Und immer war es so schon gewesen. Immer hatte Theodor der fremden Macht geglaubt, jeder fremden, die ihm gegenüberstand. In der Armee nur war er glücklich. Was man ihm sagte, mußte er glauben, und die andern mußten es, wenn er selbst sprach. Theodor wäre gern sein Leben lang bei der Armee geblieben.
Anders war das Leben in Zivil, grausam, voller Tücke in unbekannten Winkeln. Gab man sich Mühe, sie hatte keine Richtung, Kräfte verschwendete man an Ungewisses, es

war ein unaufhörliches Aufbauen von Kartenhäusern, die ein geheimnisvoller Windzug umblies. Kein Streben nutzte, kein Fleiß erlebte seine Belohnung. Kein Vorgesetzter war, dessen Launen man erkunden, dessen Wünsche man erraten konnte. Alle waren Vorgesetzte, alle Menschen in den Straßen, die Kollegen im Hörsaal, die Mütter sogar und die Schwestern auch.
Alle hatten es leicht, am leichtesten die Glasers und Efrussis: Der wurde Primus und der Juwelier und jener Sohn des reichen Juweliers. Nur in der Armee waren sie nichts geworden, selten Sergeanten. Dort siegte Gerechtigkeit über Schwindel. Denn alles war Schwindel, Glasers Wissen unredlich erworben wie das Geld des Juweliers. Es ging nicht mit rechten Dingen zu, wenn der Soldat Grünbaum einen Urlaub erhielt und wenn Efrussi ein Geschäft machte. Erschwindelt war die Revolution, der Kaiser betrogen, der General genarrt, die Republik ein jüdisches Geschäft. Theodor sah das alles selbst, und die Meinung der anderen verstärkte seine Eindrücke. Kluge Köpfe, wie Wilhelm Tiedemann, Professor Koethe, der Dozent Bastelmann, der Physiker Lorranz, der Rassenforscher Mannheim, behaupteten und bewiesen die Schädlichkeit der jüdischen Rasse an den Vortragsabenden des Vereines deutscher Rechtshörer und in ihren Büchern, die in der Lesehalle der »Germania« ausgestellt waren.
Oft hatte der Vater Lohse seine Töchter vor dem Verkehr mit jungen Juden in der Tanzstunde gewarnt. Beispiele gibt es, Beispiele! Ihm selbst, dem Bahnzollrevisor Lohse, passierte

es mindestens zweimal im Monat, daß ihn Juden aus Posen, welche die schlimmsten sind, zu bestechen versuchten. Im Kriege wurden sie enthoben, für den Kriegsdienst ungeeignet erklärt, saßen sie als Schreiber in den Lazaretten und in den Etappenkommandos.
Im juridischen Seminar meldeten sie sich immer wieder zu Wort und schufen neue Situationen, in denen Theodor sich heimatlos fühlte und zu neuerlichen, unangenehmen, eifervollen, hartnäckigen Arbeiten gedrängt.
Nun hatten sie die Armee vernichtet, nun beherrschten sie den Staat, sie erfanden den Sozialismus, die Vaterlandslosigkeit, die Liebe für den Feind. Es stand in den »Weisen von Zion« – das Buch bekamen alle Mitglieder des Reserveoffiziersverbandes zu den Hülsenfrüchten am Freitag –, daß sie die Weltherrschaft erstrebten. Sie hatten die Polizei in Händen und verfolgten die nationalen Organisationen. Und man mußte ihre Söhne unterrichten, von ihnen leben, schlecht leben – wie lebten sie selbst?
Oh, wie herrlich lebten sie! Durch ein graues, silbern schimmerndes Gitter von der gemeinsamen Straße getrennt, war das Haus Efrussis von grünem, weitem Rasen umgeben. Weiß schimmerte der Kies, noch heller die Treppe, die zur Tür führte, Bilder in Goldrahmen hingen im Vestibül, und ein Diener in grün-goldener Livree empfing und verneigte sich. Der Juwelier war hager und groß, immer schwarz gekleidet, in einer hohen, schwarzen Weste, deren Ausschnitt nur ein Stückchen schwarzer, mit einer haselnußgroßen Perle geschmückter Kragenbinde frei ließ.

Theodors Familie bewohnte drei Zimmer in Moabit, und das schönste enthielt zwei wackelige Schränke, als Prunkstück die Kredenz und als einzigen Schmuck jenen silbernen Aufsatz, den Theodor aus dem Schlosse von Amiens gerettet und auf dem Grunde des Koffers geborgen hatte, noch knapp vor der Ankunft des gestrengen Majors Krause, der solche Dinge nicht geschehen ließ.
Nein! Theodor lebte nicht in einer Villa hinter silbrig glänzendem Drahtgitter. Und kein Rang tröstete ihn über die Not seines Lebens. Er war ein Hauslehrer mit gescheiterten Hoffnungen, begrabenem Mut, aber ewig lebendigem, quälendem Ehrgeiz. Frauen, mit einer süßen, lockenden Musik in den wiegenden Hüften, gingen an ihm vorbei, unerreichbar, und er war doch geschaffen, sie zu besitzen. Als Leutnant hätte er sie besessen, alle, auch die junge Frau Efrussi, die zweite Gattin des Juweliers.
Wie ferne war sie, aus jener großen Welt kam sie, in die Theodor beinahe schon gelangt wäre. Sie war eine Dame, jüdisch, aber eine Dame. In der Uniform eines Leutnants hätte er ihr entgegentreten müssen, nicht im Zivil des Hauslehrers. Er hatte einmal, in seiner Leutnantszeit, auf Urlaub in Berlin, ein Abenteuer mit einer Dame. Man konnte schon sagen: Dame; Gattin eines Zigarrenhändlers, der in Flandern stand; seine Photographie hing im Speisezimmer; violette Unterhöschen trug sie. Es waren die ersten violetten Unterhöschen in Theodors männlichem Dasein.
Was ahnte er jetzt von Damen! Sein waren die kleinen Mädchen für billiges Geld, die hastige Minute kalter Liebe im

nächtlichen Dunkel des Hausflurs, in der Nische, umflattert von der Furcht vor dem zufällig heimkehrenden Nachbarn, die Lust, die in der Angst vor dem überraschenden Schritt erlosch, wie die Glut erkaltet, die roh in Flüssigkeit geschleuderte; sein war das barfüßige, einfache Mädel aus dem Norden, das Weib mit den eckigen, harthäutigen Händen, deren Liebkosung rauh war, deren Berührung abkühlte, deren Wäsche schmutzig, deren Strümpfe durchschwitzt waren.
Nicht von seiner Welt war sie, die Frau Efrussi. Während er ihre Stimme hörte, fiel ihm ein, daß sie gut sein müsse. Niemand hatte ihm so viel Schönes so einfach und herzlich gesagt. Sie verstehn es vortrefflich, Herr Lohse! Gefällt es Ihnen hier? Fühlen Sie sich wohl bei uns? Oh, wie war sie gut, schön, jung, Theodor hätte sich so eine Schwester gewünscht.
Einmal erschrak er, als sie aus einem Laden trat. Als wäre es plötzlich in ihm hell geworden, erinnerte er sich in diesem Augenblick, daß er auf dem ganzen Wege ihrer gedacht hatte. Es erschreckte ihn die Entdeckung, daß sie in ihm lebte, daß er, wider Willen und ohne es zu wissen, stehengeblieben war, daß er ihre Einladung annahm, mit ihr ins Auto zu steigen, und fast hätte er es vor ihr getan. Manchmal wurde er gegen sie geworfen, ihren Arm berührte er und bat schnell um Verzeihung. Ihre Frage überhörte er. Er mußte angestrengt achtgeben, um nicht wieder an sie zu stoßen. Dennoch ereignete es sich. Eifrig bereitete er sich auf den Moment des Aussteigens vor. Aber früher, als er gedacht hatte, hielt der Wagen, und nun war keine Zeit mehr

auszusteigen, ihr hilfreich die Hand zu bieten. Er blieb sitzen und ließ sie warten, bis er unten stand, die Schachtel, die er gerade ergreifen wollte, hielt schon der Chauffeur. Aus einer sehr weiten Ferne traf ihr Abschiedswort sein Ohr, aber in unentrinnbarer Nähe lebte ihr Lächeln vor seinen Augen; als lächelte das Spiegelbild einer fern sprechenden Frau.

Niemals erreichte er sie, wie wollte er es? Glühend war sein Wunsch. Aber erloschen der Glaube an seine Kraft zu erobern, da er nicht mehr Leutnant war. Er hätte es erst wieder werden müssen. Er wollte es werden, Leutnant werden oder sonst etwas. Nicht bleiben in der Verborgenheit und nicht mehr geborgen sein, nicht ein bescheidener Ziegelstein im Gefüge einer Mauer, nicht der Letzte der Kameraden, nicht ihr Lauscher und Lacher, wenn sie Anekdoten erzählten und Zoten rissen, nicht mehr einsam unter den vielen, allein mit seiner vergeblichen Sehnsucht, gehört zu werden, und mit der ewigen Enttäuschung des Überhörten, Geduldeten und wegen seiner dankbaren Aufmerksamkeit Beliebten. Oh, glaubten sie, er wäre harmlos und ungefährlich? Sie sollten sehen. Alle sollten es sehen! Bald wird er aus seinem ruhmlosen Winkel treten, ein Sieger, nicht mehr gefangen in der Zeit, nicht mehr unter das Joch seiner Tage gedrückt. Es schmetterten helle Fanfaren irgendwo am Horizont.

Kapitel 2 Manchmal überfiel ihn sein eigener Stolz wie eine fremde Gewalt, und er fürchtete seine Wünsche, die ihn gefangenhielten. Aber sooft er durch die Straßen ging, hörte er Millionen fremder Stimmen, flimmerten Millionen Buntheiten vor seinen Augen, die Schätze der Welt klangen und leuchteten. Musik wehte aus offenen Fenstern, süßer Duft von schreitenden Frauen, Stolz und Gewalt von sicheren Männern. Sooft er durch das Brandenburger Tor ging, träumte er den alten, verlorenen Traum vom siegreichen Einzug auf schneeweißem Roß, als berittener Hauptmann an der Spitze seiner Kompanie, von Tausenden Frauen beachtet, vielleicht von manchen geküßt, von Fahnen umflattert und Jubel umbraust. Diesen Traum hatte er in sich getragen und liebevoll genährt vom ersten Augenblick seines freiwilligen Eintritts in die Kaserne, durch die Entbehrungen und Lebensnöte des Krieges. Die schmerzende Beschimpfung des Wachtmeisters auf der Exerzierwiese hatte dieser Traum gelindert, den Hunger auf tagelangem Marsch, das brennende Weh in den Knien, den Arrest in dunkler Zelle, das betäubende, qualvolle Weiß der verschneiten Wachtpostennacht, den stechenden Frost in den Zehen.
Der Traum drängte zum Ausbruch wie eine Krankheit, die lange unsichtbar in Gelenken, Nerven, Muskeln lebt und alle Blutgefäße des Körpers erfüllt, der man nicht entrinnen kann, es sei denn, man entrinne sich selbst. Und zufolge jener unbekannten Gewalt, welche Theodor schon oft geholfen hatte und die ihn lehrte, daß der Erfüllung jeder qualvollen Sehnsucht im letzten Moment eine günstige äußere

Bedingung auf halbem Wege entgegenkommt, ereignete es sich, daß er den Doktor Trebitsch im Hause Efrussis kennenlernte.

In der ersten Viertelstunde ihrer Bekanntschaft sprach der Doktor Trebitsch unermüdlich, und sein blonder, langer, in sanften, dunkelnden, an den Rändern gelichteten Strähnen herabfließender Bart bewegte sich vor den Augen Theodors in regelmäßigem Auf und Ab und störte die Aufmerksamkeit des Zuhörers. Leise plätscherten die Worte des Blondbärtigen, eines und das andere blieb eine Weile in Theodor haften und verwehte wieder. Noch nie war er einem Vollbart so nahe gewesen. Plötzlich stöberte ihn der Klang eines Namens aus seiner betäubten Zerstreutheit auf. Es war der Name des Prinzen Heinrich. Und mit dem Instinkt eines Mannes, der zufällig einem Prunkstück aus einer verschütteten Vergangenheit begegnet und es mit rettend hastiger Gebärde an die Brust reißt, rief Theodor: »Ich war Leutnant im Regiment Seiner Hoheit des Prinzen Heinrich!«

»Der Prinz wird sich sehr freuen«, sagte Doktor Trebitsch, und seine Stimme war nicht mehr fern, sondern ganz, ganz nahe.

Der Stolz füllte, wie etwas Körperliches, Theodors Brustkorb, und sein gestärktes Hemd wölbte sich.

Sie fuhren im Auto ins Kasino. Und Theodor saß im Wagen, nicht wie vor einer Woche, als er mit Frau Efrussi fuhr. Nicht mehr fühlte er, gedrückt und dünn, die Ecke zwischen Seitenwand und Rückenpolster. Er breitete sich aus. Sein Kör-

per fühlte durch Paletot, Rock, Weste die sanfte, kühle Nachgiebigkeit des Leders. Die Füße lehnte er gegen den vorderen Sitz. Die Zigarre erfüllte das Coupé mit dem satten Duft einer überflüssigen Behaglichkeit. Theodor öffnete das Fenster und fühlte die schnelle, schießende kalte Märzluft mit der Wollust eines innerlich Durchwärmten.
Man trank Schnaps und Bier, und der Abend im Kasino erinnerte an eine Kaiser-Geburtstagsfeier. Graf Straubwitz von den Kürassieren hielt eine Rede. Man brach in ein dreifaches Hurra aus. Jemand erzählte Anekdoten aus dem Kriege. Theodor war Gast an der Seite des Prinzen. Nicht einen Moment verlor er Seine Hoheit aus den Augen. Er ignorierte seinen Nachbarn zur anderen Seite. Es galt, allezeit auf eine Frage des Prinzen vorbereitet und zur Stelle zu sein. Nicht für die Dauer eines Augenblicks vergaß Theodor, daß er jetzt endlich die Gelegenheit ergreifen konnte, Teile seines Traums zu verwirklichen. War er noch der kleine, unbekannte Hauslehrer eines jüdischen Knaben? Kannte ihn der Prinz nicht? Kannten ihn nicht alle Herren, die hier um den Tisch saßen? Und obwohl der ungewohnte Alkohol allmählich Theodors Sinn für die augenblicklichen, kleinen Wirklichkeiten einschläferte, blieb doch eine große, helle Heiterkeit zurück, und die Sicherheit kehrte ihm so oft wieder, als er sie brauchte, um dem Prinzen eine Serviette, ein Glas, Feuer für die Zigarette zu reichen.
Als ihn der Prinz aufforderte, von jener Schlacht bei Stojanowics zu erzählen, die das Regiment so löblich mitgemacht hatte, begann Theodor aufs Geratewohl, etwas lau-

ter, als er gewöhnlich zu sprechen pflegte. Es ging eine Weile ganz gut, bis er bemerkte, daß er die Erzählung angefangen hatte, ohne sich den Schluß zurechtgelegt zu haben. Er hielt ein, und es erschütterte ihn die große, lauschende Stille. Er wußte noch, daß seine letzten Worte »Hauptmann von der Heidt« gewesen waren. »Dieser Hauptmann also«, fuhr Theodor fort, aber das Ende des Satzes fand er nicht mehr. »Er lebe hoch! Hurra!« fiel der Doktor Trebitsch ein, und man feierte den Hauptmann von der Heidt. Dann stellte es sich heraus, daß Theodor und der Prinz denselben Weg nach Hause hatten, und sie saßen zusammen im Auto. Theodor redete unterwegs. Frau Efrussi fiel ihm ein, und er erzählte von ihr dem Prinzen. Ihre großen grünen Augen sah er. Ihre Schultern. Er streifte ihr die Kleider ab, sie stand vor ihm in der Unterwäsche. Sie trug violette Unterhöschen. Er erzählte alles dem Prinzen, was er sah, tat, erlebte. »Ich streife ihr das Hemd ab«, sagte Theodor, »Hoheit müssen wissen, sie hat braune Brustwarzen ... ich beiße in ihre harte Brust!«

»Sie sind ein famoser Junge«, sagte der Prinz.

Er wiederholte diesen Satz auch später noch, als sie im Zimmer saßen und einen schwarzen Kaffee tranken und noch einen Likör. So nahe saßen sie beieinander, ihre Schenkel berührten sich, und der Prinz hielt Theodors Hand und drückte sie. Und auf einmal war Theodor nackt und der Prinz Heinrich ebenfalls. Der Prinz hat eine dichtbehaarte Brust und sehr dünne Beine. Seine Zehen sind ein bißchen verkrümmt. Theodor hat den Kopf gesenkt, und obwohl es

ihm peinlich ist, muß er die Zehen betrachten. Er denkt, es wäre schon bei weitem besser, dem Prinzen ins Angesicht zu sehen. Das Angesicht, denkt er, ist der einzige bekleidete Körperteil des Prinzen. Der Prinz drückt aus einem Gummiballon einen kühlen, feinen Staubregen in die Luft.
Theodor sieht zum erstenmal seine ganze Nacktheit in einem großen Wandspiegel. Er kann feststellen, daß er eine weiße, rosa angehauchte Haut besitzt, rundlich geformte Beine, ein wenig gewölbte Brüste und leuchtende Brustwarzen wie zwei dunkelrote, winzige Kuppeln.
Theodor liegt auf dem warmen, weichen Eisbärfell, und neben ihm atmet schwer und laut der Prinz Heinrich. Der Prinz beißt in Theodors Fleisch. Die Bartreste des Prinzen kratzen, seine gekräuselten Brust- und Beinhaare kitzeln Theodor.
Er erwachte in einem halbdunklen Zimmer, und sein erster Blick traf ein großes Ölporträt des Prinzen an der Wand. In einer erschreckenden Wachheit sah er alle Ereignisse der vergangenen Nacht. Er kämpfte gegen sie vergeblich. Er versuchte, sie auszulöschen. Sie waren überhaupt nie gewesen. Er begann, an allerlei entfernte Dinge zu denken. Er konjugierte ein griechisches Verbum. Aber seine letzten Erlebnisse überfielen ihn, eine Schar zudringlicher Fliegen. Er stieg langsam die Stiege hinunter und nahm den Gruß eines alten, ehrfürchtigen Dieners entgegen. Schon meldete das helle Geklingel der Straßenbahn die Nähe der Welt.
Oh, die Nähe dieser reichen Welt, deren Millionen Schätze klangen und flimmerten. Die Straße erlebte er, den Gang der Frauen, Musik in den wiegenden Hüften, die stolze

Gewißheit sicher schreitender Männer und seine eigene, kleine Dürftigkeit in der Mitte.
Geringer als er je gewesen, verließ er das Haus. Immer schon war es so gewesen, daß er zurückweichen mußte, getroffen, wenn er sich erhaben gewähnt, verlassen und auf Wegen, die hinunterführten, sooft er Höhen entgegengestrebt war. Er wollte nicht zurück, er wollte hierbleiben. Und er blieb vor dem alten, ehrfürchtigen Diener stehen und fragte nach dem Prinzen.
Prinz Heinrich hielt die Füße in der gefüllten Schüssel unter dem Tisch, während er Frühstück aß. »Gu'n Morjen, Theo!« sagte der Prinz und ließ Theodor stehen.
Ganz nahe an den Tisch trat Theodor und sah den Prinzen an.
Der Prinz brach ein Ei nach dem anderen auf und schüttete die Dotter in ein Glas.
»Setz dich!« sagte er endlich. Und als hätte er sich jetzt erst erinnert: »Schon gegessen?«, und er schob Theodor Eier, Butter und Brot zu.
Die Nahrung kräftigte Theodor. Er aß schweigsam, eine gute, wohltätige, klare Ruhe kehrte in ihm ein.
Und plötzlich, als hätte sich die Zunge von jeder Abhängigkeit befreit, huschte seine hurtige Frage über den Tisch: ob der Prinz einen Sekretär brauche.
Prinz Heinrich nickte, längst hatte er die Frage erwartet. Er schreibt etwas auf seine Visitkarte: »Trebitsch«, sagt der Prinz, nichts mehr. Und als Theodor aufsteht: »Gu'n Morjen!«

Und Theodor verläßt das Haus und geht durch den märzfrischen Tiergarten und saugt die Bläue des Himmels ein und das erste Zwitschern der Vögel und weiß, daß er bergaufwärts geht, obwohl die Straße eben ist. Und er weiß, daß man durch Abgründe muß und daß man vergessen soll. Ablegen will er hindernde Erinnerungen an die Ereignisse der vergangenen Nacht. Sie ist verschlungen von der strahlenden Bläue des Morgens.

Kapitel 3 Trebitsch nahm ihn auf, bei feierlichem Kerzenglanz schwor Theodor einen langen Eid, setzte er seinen Namen auf ein Blatt Papier, dessen Inhalt er kaum gelesen hatte, seine Hand lag zwei Minuten lang in der behaarten Tatze eines Mannes, den man Detektiv Klitsche nannte, der über einem zerschossenen oder verkümmerten Ohrläppchen eine mangelhaft verhüllende, glatte Haarsträhne trug und der von nun an Theodors Vorgesetzter sein sollte. Nun war Theodor Mitglied einer Organisation, einer Gemeinschaft, deren Namen er nicht kannte, einen Buchstaben wußte er nur und eine römische Zahl, den Buchstaben S und die Zahl II, und den Sitz dieser unbekannten Macht, der in München war. Befehle hatte er von Klitsche zu erwarten, briefliche, mündliche, Gehorsam unter allen Umständen war Bedingung und ebenso Verschwiegenheit, Tod stand auf Verrat und Vernichtung auf unbedacht gesprochenes Wort.
Es ging Theodor wider seinen Willen zu schnell und gegen die Bedächtigkeit seines Gemüts. Er erschrak wiederum vor so viel Neuem, er kam sich überrumpelt vor. Er fürchtete sich vor dem Kerzenglanz und den tönenden Worten des Schwurs, der Pranke seines Vorgesetzten, und den Tod fühlte er nahe wie ein bereits zum Verräter Gewordener und Verurteilter. Er hatte niemals schlecht geschlafen, in der Nacht träumte er selten und, wenn es geschah, immer nur Tröstliches. Vor dem Einschlafen pflegte er an die schönen Bilder der Zukunft zu denken, mochte der vergangene Tag auch keinen Anlaß dazu gegeben haben. Seit jenem Vormittag im Büro des Dr. Trebitsch träumte er von brennen-

den Kerzen, gelben, im Licht eines vollen Tages. Am gräßlichsten war die Vorstellung, daß kein Entrinnen möglich war und daß er nicht mehr zurückkonnte, zurück in die geborgene Stille einer Hauslehrerexistenz, die Freiheit war. Welche Befehle harrten seiner? Mord und Diebstahl und gefährliches Spionieren? Wieviel Feinde lauerten im Dunkel der abendlichen Straßen? Schon jetzt war er nicht mehr seines Lebens sicher.
Aber welch ein Lohn konnte ihm werden! Ich sprenge die Zeit, in der ich gefangen bin, den sonnenlosen Kerker dieses Daseins, werfe das drückende Joch dieser Tage ab, steige auf, zerschmettere geschlossene Pforten, ich, Theodor Lohse, ein Gefährdeter, aber ein Gefährlicher, mehr als ein Leutnant, mehr als ein Sieger auf trabendem Roß, zwischen grüßenden Spalieren, Retter des Vaterlandes vielleicht. In diesen Zeiten gewinnt der Wagende.
Ein paar Tage später bekam er den ersten Befehl: bei Efrussi zu kündigen, zugleich den ersten, von Heinrich Meyer unterzeichneten Scheck über einen phantastisch hohen Betrag bei der Dresdner Bank zu beheben. Niemals war so viel Geld bei Theodor gewesen, im Nu veränderte der Besitz seine Miene, seinen Gang, seine Haltung, seine Umwelt. Es war ein heller Aprilabend, die Mädchen trugen leichte Kleider und lebendige Brüste. Die Fenster einer ganzen Häuserfront standen offen. Zwitschernde Spatzen hüpften zwischen gelbem Pferdekot. Es lächelte die Straße. Schon trug der Laternenanzünder den sommerlich weißen Kittel. Die Welt verjüngte sich ohne Zweifel. Die letzten Son-

nenstrahlen zitterten in kleinen Kotlachen. Die Mädchen lächelten und schienen sehr zugänglich. Es gab blonde und braune und schwarze. Aber das war eine oberflächliche Einteilung. Mädchen mit breiten Hüften sind Theodors besondere Lieblinge. Er liebt es, Zuflucht und Heimat zu finden im Weibe. Er will nach vollendeter Liebe Mütterlichkeit, weite, breite, gütige. Er will seinen Kopf zwischen großen, guten Brüsten betten.

Das war ein Tag, an dem ihm die Kündigung bei Efrussi leichtfallen mußte. Zwei Jahre war er ins Haus gekommen, Tag für Tag, und jetzt wird er die junge Frau Efrussi nicht mehr sehen. Er dachte ihrer wie einer Landschaft, die man einmal aus der Ferne erblickt hat und in der ein Verweilen unmöglich war.

Er könnte vielleicht schriftlich kündigen – unter irgendeinem Vorwand. Prüfungen nähmen ihn jetzt so in Anspruch. Allein das wäre nicht nur Lüge, wäre Feigheit sogar und die Gelegenheit, dem verhaßten Efrussi die lange krampfhaft zurückgehaltene Wahrheit zu sagen, versäumt.

»Herr Efrussi, ich bin ein armer Deutscher, Sie ein reicher Jude. Es bedeutet Verrat, eines Juden Brot zu essen.«

Aber Theodor sprach nicht so zu dem schwarzen, hageren Efrussi, dessen Angesicht an das Porträt einer alten Frau mit strengen Zügen erinnerte. Theodor sagte nur:

»Ich will Ihnen etwas mitteilen, Herr Efrussi.«

»Bitte!« sagte Efrussi.

»Ich unterrichte in Ihrem Hause schon zwei Jahre …«

»Ihr Gehalt will ich erhöhen«, unterbricht Efrussi.

»Nein, im Gegenteil, ich will kündigen«, sagte Theodor.
»Weshalb?«
»Weil Herr Trebitsch nämlich ...«
Efrussi lächelt: »Sehen Sie, Herr Lohse, ich kenne den Trebitsch schon sehr lange. Sein Vater war ein Geschäftsfreund meines Vaters. Er war groß und bedeutend in der Manufaktur. Sein Sohn hätte besser daran getan, im Geschäft zu bleiben. Ich kenne die Kindereien des Doktor Trebitsch. Sie sind der dritte Hauslehrer, den er mir wegnimmt. Er ist ein stiller Narr.«
»Er ist ein Freund Seiner Hoheit des Prinzen Heinrich.«
»Ja«, sagte Efrussi, »der Prinz hat bekanntlich viele Freunde.«
»Was wollen Sie damit sagen? Ich war Leutnant im Regiment des Prinzen.«
»Des Prinzen Regiment war bestimmt ein tapferes. Übrigens halte ich sehr viel vom Prinzentum im allgemeinen, aber sehr wenig vom Prinzen. Aber das gehört nicht hierher ...«
»Doch«, sagte Theodor, und ohne Efrussis letzten Satz begriffen zu haben: »Sie sind Jude!«
»Das ist mir nicht neu.« Efrussi lächelte. »Auch Trebitsch ist Jude, ohne daß ich den Wunsch hätte, mich mit ihm zu vergleichen. Aber ich verstehe Sie, ich lese ja die nationalen Blätter. Ich inseriere sogar in der ›Deutschen Zeitung‹. Sie wollen also nicht mehr meinen Sohn unterrichten. Hier ist Ihr letztes Monatsgehalt. Lassen Sie sich durch nichts abhalten, es zu nehmen. Es gebührt Ihnen!«

Theodor nahm es. Seine Weigerung hätte die Diskussion fortgesetzt. Und gebührte es ihm nicht wirklich? Hatte er nicht schon beinahe drei Wochen vom laufenden Monat weg? Er nahm, verneigte sich und ging. Und wußte nicht, daß Efrussi den Major Pauli von der Stadtkommandantur anrief und sich über den Verlust des Hauslehrers beklagte: »Ihre Agitation geht zu weit!« sagte Efrussi. Und der Major entschuldigte sich.

Theodor hat die erste Aufgabe erfüllt. Er hat ein blutendes Herz mitgenommen. Er wird niemals mehr Frau Efrussi sehen.

Und es ist ihm, als hätte er jetzt erst seinen langen, klingenden Eid geleistet. Diese Kündigung war wie ein donnernd zugeschlagenes Tor, Abschluß eines Weges, Ende eines Lebens.

Kapitel 4 Drei Tage, drei Nächte genoß Theodor sein Geld. Es nahm ihm die Besinnung, zu wählen und sich mit Bedacht zu freuen. Er beschlief Mädchen von der Straße und kostspieligere, die in den Lokalen warteten. Er trank Wein, der ihm nicht schmeckte, und süße Liköre, die ihm Qual verursachten und deren widerlichen Geschmack er durch Kognak loszuwerden versuchte. Er schlief in schmutzigen Gasthöfen und entdeckte spät, daß er für die gleiche Summe alle paradiesischen Genüsse eines großen Hotels hätte kaufen können. Er ging einmal in die Gesellschaft seiner Kameraden, zahlte ihnen ein paar Runden und wurde ausgelacht. Jedes neue Mißlingen einer verschwenderisch unternommenen Freude stachelte seinen Ehrgeiz auf, und nur aus Angst vor dem angedrohten Tode hielt er in der Berauschtheit mit seinem Geheimnis zurück und dämmte krampfhaft das Wort hinter widerstrebenden Lippen: Ich, Theodor Lohse, bin Mitglied einer geheimen Organisation.

Wie würden sie ihn bewundern, wenn sie es wüßten! Aber fast so köstlich, wie das Bewundertsein gewesen wäre, war das Geheimnis, in dem er lebte, und das Inkognito. Er war im Begriff, an den unsichtbaren Fäden zu ziehen, an denen, wie er aus den Zeitungen wußte, Minister, Behörden, Staatsmänner, Abgeordnete hingen. Und er trug immer noch das unscheinbare Gewand eines Rechtshörers und Hauslehrers. Er ging an einem Polizisten vorbei und wurde nicht erkannt. Niemand sah ihm seine Gefährlichkeit an. Manchmal gefiel es ihm, seine Verborgenheit zu verstärken, und er trat für einige Minuten in einen dunklen Hausflur und bildete sich ein, jemanden zu beobachten, ohne selbst bemerkt zu werden. Er bereitete sich auf seinen Beruf vor, indem er eine eingebildete Aufgabe ausführte. Er trat in irgendein Ministerium und fragte den Portier nach einem beliebigen Namen, er las die Liste der Beamten über die Schulter des suchenden Portiers und ging zufrieden davon. Er begann, sich um Dinge zu kümmern, die ihn niemals interessiert hatten. Er kaufte revolutionäre Blätter, er ging, um ein gleichgültiges Inserat aufzugeben, in die Redaktion der »Roten Fahne« und stellte fest, daß sie leicht zu erobern war. Man sollte mit ihm zufrieden sein. Er würde – fiel ihm eine Aufgabe zu – über wichtige Dinge schon orientiert sein.

Mit jenem hitzigen Fleiß, mit dem er einmal freiwillig seinen Einzug in die Kaserne gehalten hatte, machte er sich an noch nicht erhaltene Aufträge, nicht verlangte Arbeiten. Freilich war es beim Regiment leichter, weil übersichtlicher. Man kannte den Zimmerkommandanten genau, den Schulleiter, den Sergeanten und den Wachtmeister. Hier tappte man im dunkeln. Sollte man seine Beflissenheit in Trebitschs Dienste stellen oder dem Detektiv Klitsche widmen? Wer kannte sich hier aus? Theodor ging planlos durch die Straßen, mit rastlos leerlaufendem Eifer angefüllt. Er empfand die Notwendigkeit, seiner Beflissenheit ein sichtbares Gebiet zu erobern, deutliche Erfolge zu konstatieren. Vor einem Schaukasten eines Photographenateliers Unter den Linden blieb er stehen. Hier hing das farbige

Bild des Generals Ludendorff, ein Paradestück des Photographen.
Immer war es Theodors Bestreben gewesen, mit den Großen und Größten in irgendeinen Kontakt zu gelangen. Schon in der Schule hatte er es durch allerlei Dienst- und Ehrenerweisungen erreicht, daß ihn der Leiter in den Pausen mit irgendeinem persönlichen Auftrag begnadete. Im Kriege war er nach kurzen Monaten Adjutant des Obersten geworden. Und beim Anblick des Ludendorffschen Bildes verfiel Theodor auf den Gedanken, seine alte Methode anzuwenden und eine Verbindung mit dem General herzustellen. Sein Herz schlug, sein Blut klopfte gegen die Schläfen, als stünde er vor dem lebendigen General, nicht vor einer Photographie. Und Theodor begab sich in ein Café und schrieb einen ehrerbietigen Brief an Ludendorff nach München, ohne nähere Adresse, im Vertrauen auf die Popularität des Generals und die Zuverlässigkeit der Post.
Und es geschah, daß Theodor wirklich eine Antwort erhielt. Er las und wuchs bei jedem der kurzen, metallenen Worte. »Lieber Freund!« schrieb der General, »Sie gefallen mir. Arbeiten Sie fleißig mit Gott für Freiheit und Vaterland. Ihr Ludendorff.«
Theodor las den Brief: in der Bahn, an der Haltestelle, im Kolleg und während er aß. Ja, mitten im Gewühl der Straßen erfaßte ihn Verlangen nach dem Brief. Es zog ihn zu einer der kleinen Bänke am Rande eines Rasens hin, auf die er sich niemals gesetzt hätte, aus Widerwillen gegen die plebejischen und von Menschen niederen Schlages bevöl-

kerten Sitzgelegenheiten. Heute war er meilenweit von den Menschen entfernt, mit denen er dieselbe Bank teilte. Er las den Brief und wanderte weiter, um sich nach zehn Minuten wieder zu setzen.
Wie ein frommer Bibeldeuter im Text der Heiligen Schrift, so fand Theodor in den Zeilen des Generals immer wieder einen neuen Sinn. Bald kam er zu der Überzeugung, daß Ludendorff von Theodor Lohses Eintritt in die Geheimorganisation wisse. Trebitsch mußte es ihm mitgeteilt haben. War Theodor nicht ein persönlicher Freund des Prinzen? Zwischen der Absendung des Briefes und dem Eintreffen der Antwort lagen acht Tage. Also hat sich Ludendorff in Berlin erkundigt. »Mein lieber Freund!« schrieb der General. So schreibt man einem, der mehr verspricht, als er schon geleistet hat.
Theodor begab sich in die ›Germania‹, in deren Lesesaal der Germanist Spitz einen Vortrag über Rassenprobleme hielt. Wilhelm Tiedemann und andere vom Bunde deutscher Rechtshörer waren anwesend. Zuerst las Tiedemann den Brief. Auf seine Einsicht konnte sich Theodor verlassen. Und Tiedemann war ebenso wie Theodor überzeugt, daß Ludendorff seines neuen Freundes Persönlichkeit schon längere Zeit kennen mußte.
Alle sagten es Theodor, alle waren seine Freunde. Aus aller Augen strömte ihm Liebe entgegen. Jedes einzelnen Herzschlag hörte er, und das Pochen ihrer Herzen war die Sprache der Freundschaft. Er lud sie ein. Er legte seinen Arm um Tiedemanns Schultern. Man trank auf Kosten Theo-

dors. Man ließ ihn hochleben. Er sprach viel, und noch mehr fiel ihm ein. Als er fortging, trug er ein gewaltiges Geräusch seiner eigenen Worte davon.

Der nächste Morgen brachte ihm eine Einladung zum Detektiv Klitsche. Er hätte keine Briefe zu schreiben. An Ludendorff am allerwenigsten. Noch weniger hätte er darüber reden sollen. Er wäre nicht der einzige im Bunde der Rechtshörer, der zur Organisation gehörte, und jedes Wort, das er gestern sagte, war Klitsche hinterbracht worden.

»Geben Sie den Brief her!« sagte Klitsche.

Theodor wurde rot. Flammende Räder kreisten vor seinen Augen. Er war plötzlich der kleine Einjährige und stand im Kasernenhof. Er nahm vorschriftsmäßig stramme Stellung an. Er war ein kleiner Einjähriger mit der Aussicht auf einen Gefreitenknopf.

Er gab den Brief her. Klitsche steckte ihn ein. Er befahl: »Ziehen Sie sich aus!«

Und Theodor zog sich aus. Als wäre es ganz selbstverständlich, zog er sich aus. Er dachte daran, daß er Klitsche gehorchen müsse.

Und langsam und gleichgültig zog er sich wieder an, so langsam und gleichgültig wie in seinem Zimmer des Morgens, wie alle Tage.

Es war Frühling in den Straßen, es zwitscherten übermütige Vögel, die Straßenbahnen klingelten, die Luft war blau, die Frauen trugen leichte Kleider.
Theodor möchte krank sein und ein kleiner Junge und in seinem Bett liegen. Er trank in Schnapsbuden zweiten Ranges und schlief mit Mädchen vom Potsdamer Platz, weil sein Geld zur Neige ging. Und als er nichts mehr hatte, empfand er die rauschende Buntheit der Straße tausendmal stärker und seine eigene Kleinheit. Und er vergaß den Besuch bei Klitsche, wie er den beim Prinzen Heinrich vergraben hatte. Über Abhänge und durch Niederungen führte der Weg.

Kapitel 5 Sein Weg führte vorläufig zu der Wohnung des Malers Klaften.
Theodor hieß Friedrich Trattner und war Genosse aus Hamburg. Moderne Bilder sah er bei Klaften, farbenrauschende Fanfaronaden, gelbe, violette, rote. Die Augen schmerzten, wenn man sich von den Bildern abwendete, wie wenn man in die Sonne gesehen hätte. Theodor sagte: »Sehr schön!«
Seine Bewunderung genügte allen und ersetzte die Legitimation. Man sagte Genosse Trattner zu ihm. Er trug seinen neuen Namen mit Inbrunst. Er, den jede neue Situation überraschte, erschüttern konnte, jetzt erfand er selbst Situationen, abenteuerliche Ausbrüche aus Gefängnissen, plötzliche Flucht vor auftauchenden Spitzeln, Prügeleien mit Polizei und Studenten.
Theodor wuchs in Friedrich Trattner hinein. Durch den Körper dieser Figur, die er spielte, ging es zu Ansehen und Geltung. Es war wie eine Gefreitencharge beim Militär, die man ganz durchkosten mußte, ehe man weiterkam. Man hatte sie bald überstanden. Man gab sich Mühe, ihrer würdig zu sein, aber nur, um aus ihr schlüpfen zu können.
Neue Menschen lernte Theodor kennen. Den Juden Goldscheider, der die Güte predigte und bei jeder Gelegenheit das Neue Testament zitierte. War er ein Bolschewik oder nur ein Jude? Goldscheider selbst erzählte von seinem Aufenthalt in Irrenhäusern. Er war gewiß närrisch. Er sagte manchmal Unverständliches. Die anderen täuschten Verständnis vor.
Es war eine harmlose Gesellschaft junger, armer Men-

schen ohne Obdach. Sie bekamen Logis und einen Kaffee vom Maler Klaften. Der Maler lebte von unmodernen Bildern, die allgemein in der Gesellschaft Kitsch genannt wurden. Theodor hielt sie für die besten Werke Klaftens.
Theodor hörte die jungen Leute fluchen. Sie sahen den Tag der großen Revolution greifbar nahe. Sie fluchten auf sozialistische Abgeordnete und Minister, die Theodor immer für Kommunisten gehalten hatte. Er verstand so feine Unterschiede nicht.
Der Maler Klaften porträtierte Theodor. Er erschrak vor seinem eigenen Bildnis. Es war, als hätte er in einen furchtbaren Spiegel gesehen. Sein Angesicht war rund, rötlich, die Nase platt, mit leise angedeuteter Spaltlinie auf dem breiten, flachen Rücken. Der Mund war breit, mit aufgeworfenen Schaufellippen. Der kleine Schnurrbart verhüllte die wirkliche Lippe zwar, aber die gemalte nicht. Es war, als hätte der Maler den Bart wegrasiert – und er hatte ihn doch mitgemalt.
Es ist mißlungen, dachte Theodor. Das Bild hing im Zimmer und verriet ihn. Alle, die das Porträt sahen, wurden schweigsam und betrachteten Theodor verstohlen. Er fühlte sich fast entlarvt und wäre vor diesem Bild geflohen, wenn nicht der junge Kommunist Thimme eingetroffen wäre.
Thimme hatte Ekrasit im Keller eines sicheren Gastwirtes eingelagert. Er wollte es im Dienst der Revolution explodieren lassen. Er sprach von der Notwendigkeit einer neuen revolutionären Tat und fand Zustimmung bei allen, bei Theodor Begeisterung.

Theodor hörte mit tausend Ohren. Tausend Arme hätte er bereithalten mögen. Er entsann sich jener Spinne in den Sommerferien seiner Knabenzeit, die er jeden Tag mit gefangenen Fliegen gefüttert hatte; des atemlosen Wartens auf das hastige Heranklettern des Tieres, sein sekundenlanges Lauern, den letzten todbringenden Anlauf, der Sturz und Sprung und Fall in einer Bewegung war.
So saß er jetzt selbst, sturzbereit, zum Sprunge entschlossen. Er haßte diese Menschen, wußte nicht, weshalb, und führte für sich selbst Gründe seines Hasses an. Sie waren Sozialisten, Vaterlandslose, Verräter. In seiner Gewalt waren sie. Oh, er hatte Gewalt über fünf, sechs, zehn Menschen. Er hatte wieder Macht über Menschen, Theodor Lohse, der Hauslehrer, Jurist, vom Detektiv Klitsche Erniedrigte, vom Prinzen Mißbrauchte, von seinen Kameraden Verratene. Alle sahen das Feuer in seinem Auge, seine geröteten Wangen. Er betrachtete Thimme, den jungen, verhungerten Thimme, einen Glasbläser mit sichtbarer Tuberkulose, den dunklen Tod trug er in den tiefschattenden Augenhöhlen. Er betrachtete Thimme als sein Wild, seinen Menschen, sein Eigentum.
Er kostete seine Verborgenheit wie eine labende Nahrung. Er rückte ins Dunkel. Er spreizte die Finger in den Hosentaschen. Er beugte den Oberkörper vor. Er nahm, ohne es zu wissen, die lauernde Haltung seiner Spinne an.
Sie stritten über das Objekt ihres Angriffs. Einige wollten den Reichstag, andere die Polizei. Andere rieten zur Kaiser-Wilhelm-Gedächtniskirche. Goldscheider stand mit ausge-

breiteten Armen und bat und beschwor, von dem Ekrasit abzulassen. Er hatte die Brille abgelegt, und sein bärtiges Gesicht sah hilflos und verloren und Rettung heischend aus.
Wer die Tat ausführen sollte? Sie einigten sich auf das Los. Es traf Goldscheider.
Theodor ging. Spät in der Nacht verließ er das Haus, schritt durch den finsteren, rauschenden Tiergarten zu Trebitsch. Die letzte Allee durchlief er, als würde er verfolgt, gedrückt in das Dunkel der schattenden Bäume. Er wollte niemanden wecken. Er warf einen kleinen Stein gegen Trebitschs erleuchtetes Fenster. Er trat ein und sah nach der Tür. Er schilderte eine unermeßliche Gefahr, in der er schwebte. Spitzel hätten ihn hierher verfolgt, kommunistische Spitzel, unterwegs sei er auf einen Omnibus gesprungen. Sie witterten in ihm den, der er war. Sie ahnten schon, daß er nicht Trattner heiße. Und während er erzählte, steigerte sich seine Furcht. Er log nicht mehr mit Vorbedacht, sondern schilderte seine ängstlichen Vorstellungen. »Ekrasit!« sagte er leise und sah zur Tür.
Man solle sie nicht stören, sagte Trebitsch, sanft und lächelnd wie immer. Er strählte seinen Bart mit gespreizten Fingern wie mit einem Kamm. Nach dem Attentat – und hoffentlich gelingt es – müsse man zur Polizei gehen.
Gegen vier Uhr morgens kehrte Theodor zum Maler Klaften zurück. Man hatte sich auf die Siegessäule geeinigt. Zwei Leute holten das Ekrasit in einer Droschke. Thimme bohrte ein Loch in das Kästchen. Thimme, Theodor und Goldschei-

der fuhren zur Siegessäule. Thimme und Theodor warteten in einer geraumen Entfernung. Dann kam Goldscheider. Sie gingen, alle drei, schweigsam und bitter.
Eine Viertelstunde, nachdem Goldscheider die Lunten angesteckt hatte, rief Theodor die Polizei an: In einigen Minuten würde ein Unglück geschehen. Rechts hinter dem Gitter um die Siegessäule liege Ekrasit.
Dann ging Goldscheider zurück in Klaftens Wohnung – Polizei hielt ihn an, fesselte ihn rasch und lautlos. Aus dem Zimmer kamen die Verhafteten, zu zweit aneinandergefesselte Freunde. An der Seite des Kommissars stand Trattner, der Genosse Trattner.
Sie spuckten alle gleichzeitig, wie auf Kommando und ehe man sie hindern konnte, in sein Angesicht.
Theodor wischte den Speichel mit dem Tuch fort. Er lachte. Er lachte kurz, laut und tief. Es klang wie ein halber Schrei.
Im Flur erloschen die grellen Lampen der Polizisten. Man hörte den gleichmäßigen Trott der zehn Verhafteten von der Straße und das leise Metallgeräusch aneinanderschlagender Handspangen.

Kapitel 6 **In den Zeitungen flackerten die Sensationen auf: Kommunistischer Anschlag von einem Mitglied der Technischen Nothilfe vereitelt. Theodor Lohse wurde einigemal genannt. Man gratulierte. Im Bunde deutscher Rechtshörer war Theodor ein seltener Gast geworden. Er ging nicht mehr ins Kolleg. Das hatte Zeit.**

Seitdem er im Heeresbericht erwähnt worden war, hatte er seinen Namen niemals mehr gedruckt gesehen. Jetzt begegnete er seiner Tat in allen Zeitungen. Es kam ein Mann vom »Nationalen Beobachter«, ein dünnes Männchen, das sich beständig mit irgendwelchen Gegenständen auf dem Schreibtisch beschäftigte, während es sprach. Es lud Theodor zur Mitarbeit ein, machte aber aufmerksam, daß das Budget des Blattes leider für Honorare nicht ausreiche.

Was tat es? Theodor bekam ein Honorar von Trebitsch, ein weniger hohes als das erstemal. Und es verringerte sich noch um die Hälfte, als Klitsche seinen Anteil forderte. Von ihm hatte Theodor den Maler Klaften! Er, Klitsche, hat in selbstloser Freundschaft Theodor die Sache abgetreten. Klitsche sitzt in seinem Büro, ohne Rock und Weste, mit geöffnetem Kragen, und sieht noch mächtiger aus. Man sieht den gewaltigen Umfang seines Halses mit geblähten Muskelsträngen und die gebändigte Wucht seiner ruhenden Fäuste auf dem Tisch. Seine lange Haarsträhne verschob sich und ließ die verkrüppelten Reste seiner Ohrmuschel frei, ein rötliches Stückchen Knorpel mit verkümmerten, winzigen Windungen.

Theodor feilschte erbittert, ein Drittel wollte er hergeben, aber Klitsche rückte den Stuhl mit einem plötzlichen Entschluß hinter sich, so als wollte er sich erheben. Er stand nicht auf, sondern blieb auf dem weit zurückgeschobenen Stuhl, den Oberkörper vorgeneigt, die starken Fäuste an der Tischkante, sitzen, ein geducktes Tier; und Theodor gab ihm die Hälfte.
Dann ging er durch die Straßen, machte vor dem Schaufenster halt und kaufte ein Paar Stiefel. Er kam sich gewachsen vor, als hätte er neuen, erhabenen Boden unter den Füßen.
Am späten Nachmittag, die Vögel zwitscherten ergreifend und abendlich, sprach er ein weißgekleidetes Mädchen an. Im Laufe des Abends besuchte er einen Tanzpalast, wurde eifersüchtig, weil das Mädchen mit einem Herrn vom Nachbartisch dreimal hintereinander tanzte, trank sauren Sekt. Das Mädchen – sie war nicht so eine – verlangte nach einem besseren Hotel, zwei Zimmer mußte Theodor mieten. Eine Viertelstunde mußte er sie allein lassen, dann klopfte er an ihre Tür, horchte, klopfte wieder und öffnete.

Das Mädchen war verschwunden. Er hatte mehr Glück bei jungen Frauen, die, ohne Hut, in den einfachen Blusen und fadenscheinigen Jäckchen, sich mit einem Kinobesuch begnügten. Er achtete darauf, daß aus den kleinen Zerstreuungen keine bindende Freundschaft wurde, er hielt grundsätzlich kein vereinbartes Rendezvous.
Er war mit sich zufrieden und überzeugt, daß Willenskraft und Begabung ihm diese kurzen Fortschritte in kurzer Zeit ermöglicht hatten. Er glaubte, die einzige ihm angemessene Beschäftigung gefunden zu haben. Er wurde stolz auf seine Spionierfähigkeit und nannte sie eine diplomatische. Sein Interesse für Kriminalistik steigerte sich. Er saß stundenlang im Kino. Er las Kriminalromane.
Noch lebte das Porträt in ihm, das der Maler Klaften gemalt hatte. Er versuchte, es Lügen zu strafen. Er wendete Mittel an, um seinen Schnurrbart buschiger zu machen. Er kleidete sich neu, jetzt trug er einen hellbraunen Anzug, einen sanft grünlich karierten und ein kleines goldenes Hakenkreuz in einer quergestreiften seidenen Krawatte.
Er kaufte Waffen aller Art, Jagdmesser und Dolche, einen ledernen Totschläger, eine Pistole, einen Gummiknüppel. Er ging, wie Detektiv Klitsche, niemals ohne Revolver, er sah in jedem Passanten einen kommunistischen Spitzel. Daß er nicht verfolgt wurde, wußte er. Aber er vergaß es, besonders wenn er ein Kriminaldrama gesehen hatte. Es schmeichelte ihm, verfolgt zu werden, und also glaubte er daran.
Er, dem jede Stunde schrecklich erschien, nur weil sie neu

gewesen war, der das Kommende gefürchtet, das Bleibende geliebt hatte, er täuschte sich kühne Unmöglichkeiten vor und erwartete Abenteuer auf jedem Schritt. Er war gerüstet.
Er wurde ungläubig. Hinter jeder klaren Tatsache sah er Schleier, die Geheimnis und wahren Sachverhalt bargen. Er las politisch-philosophische Schriften, die Trebitsch verfaßt hatte. Flugschriften, in denen Zusammenhänge zwischen Sozialismus, Juden, Franzosen und Russen aufgedeckt wurden. Diese Lektüre befruchtete Theodors Phantasie. Er glaubte nicht nur, was er gelesen hatte, er kombinierte aus dem gelesenen Material neue Tatsachen und entwikkelte sie im »Nationalen Beobachter«. Seitdem er gedruckt wurde, steigerte sich seine Sicherheit, und wenn er die Feder in die Hand nahm, zweifelte er nicht mehr an der Richtigkeit dessen, was er vorsichtig anzudeuten sich vorgenommen hatte. Las er noch einmal das Manuskript, war er sicher und strich schwächende Worte, jedes »vielleicht« und jedes »wahrscheinlich«. Er schrieb die Aufsätze eines Mannes, der hinter die Kulissen geblickt hat. Er wußte, daß der »Nationale Beobachter« in den Lesesälen der »Germania« auflag und daß Tiedemann und die anderen ihn lasen. Dieser »Nationale Beobachter« hing in den Kiosken der Untergrundbahn, er hing an jeder Straßenecke, und an jedem Kiosk, und an jeder Ecke schrie der weißrote Umschlag der Zeitschrift den Namen Theodor Lohse in die Welt.
Er neidete nicht mehr den Efrussis die weißschimmernden Häuser hinter grünen Rasen, die silbernen Gitter und mar-

mornen Treppen. Er dachte an die verlorene Frau Efrussi, wie ein ganz großer Mann einer kleinen Frau aus anderen Kreisen gedenkt, die ein kleines Abenteuer abgegeben hätte. Er beneidete den Juden Efrussi nicht, aber er haßte ihn und seine Sippe, seinen Stolz und die Art, wie er ihn, den Hauslehrer, zuletzt behandelt hatte. Jetzt erinnerte sich Theodor, daß er im Efrussischen Hause eine schüchterne Haltung eingenommen hatte, eine dumme Angst hatte ihn damals noch beherrscht, und die Schuld daran schob er den Juden zu. Wie überhaupt die Juden seine langjährige Erfolglosigkeit verursacht hatten und ihn an der schnellen Eroberung der Welt hinderten. In der Schule war es der Vorzugsschüler Glaser, andere Juden – er wußte sie nicht zu nennen – kamen später. Sie waren, wie alle Welt wußte, furchtbar, weil sie Macht besaßen. Aber auch häßlich und abscheulich, überall, wo sie auftauchten, in der Bahn, auf der Straße, im Theater. Und Theodor zupfte, wenn er einen Juden sah, auffällig an seiner Krawatte, um den anderen auf das drohende Zeichen des Hakenkreuzes aufmerksam zu machen. Die Juden erbebten nicht, ihre Frechheit erweisend. Sie sahen gleichgültig auf Theodor, manchmal höhnten sie ihn sogar, und er wurde beschimpft, wenn er Rechenschaft forderte. Er war gereizt, und es geschah, daß er des Nachts in stillen Straßen Passanten schmähte und, wenn ihm Gefahr drohte, in einer Nebenstraße verschwand. Von solchen Abenteuern erzählte er gelegentlich dem Detektiv Klitsche, dem Doktor Trebitsch und wurde von ihnen, nicht wie er erwartet hatte, belobt, sondern ermahnt, Diszi-

plin zu üben. Denn Leute, die einer Organisation angehörten, müßten Aufsehen vermeiden.
Von nun an schwieg er, aber der Haß fraß in ihm und machte sich frei in Artikeln für den »Nationalen Beobachter«. Die Aufsätze wurden immer gewalttätiger, bis das Blatt für einen Monat verboten wurde, und ausdrücklich wegen der Artikel Theodor Lohses. Zu diesem Erfolg gratulierten ihm einige junge Leser schriftlich. Auch Frauen schrieben ihm. Theodor antwortete. Man besuchte ihn. Gymnasiasten, Mitglieder des Bismarck-Bundes luden ihn ein, sahen zu ihm auf, Mittelpunkt war er und stillschweigend gewähltes Haupt, Vorträge hielt er und stand, umbrandet vom Beifall seiner Verehrer, auf dem Podium. Er gründete einen nationalen Jugendbund, zog an Sonntagen mit seinen Jungen hinaus in die Wälder und lehrte sie exerzieren.
Indessen fehlte es ihm an Geld. Weit und breit war keine Aussicht mehr, neues zu verdienen, es waren ruhige Zeiten. Im Büro des Detektivs Klitsche ließen sich keine Spitzel mehr blicken. Klitsche war allerdings nicht auf sie angewiesen, er bekam Gehalt, er stand in steter Verbindung mit München. Theodor hätte gern eine ähnliche Stelle bekleidet, er liebte Klitsche nicht. Klitsche war ein Hindernis. Dieser Klitsche war Wachtmeister gewesen, Theodor war immerhin Leutnant und akademischer Bürger. Er ließ manchmal bei Trebitsch seine Unzufriedenheit merken. Einmal sagte Trebitsch im Spaß: »Vielleicht stirbt Klitsche.«
Seit jenem Tag dachte Theodor an Klitsches Tod. Aber Klit-

sche war gesund, jede Zusammenkunft bewies es, jeder Händedruck, jedes mächtige Gelächter. Es war keine Hoffnung, daß Klitsche jemals nach München abberufen wurde. Und daß man ihm eine Verfehlung nachweisen könnte.
Manchmal träumte Theodor von einem Verrat Klitsches. Wie? War es ganz unmöglich? Verkehrte Klitsche nicht mit kommunistischen Spitzeln? Wer beaufsichtigte ihn? Wer kannte ihn eigentlich genau? Mußte es nicht einem aufmerksamen Beobachter gelingen, den Detektiv zu fangen?
Vorläufig war es unmöglich, und Theodor brauchte Geld. Ein Versuch, bei Trebitsch eine Anleihe zu machen, schlug fehl. Trebitsch erklärte nicht nur, daß er selbst Schulden habe, sondern er verwies auch auf reichere Menschen aus der Bekanntschaft Theodors, wie zum Beispiel der Prinz es war.
»Sie sind ja mit dem Prinzen befreundet!« sagte Trebitsch.
Ja, er war mit dem Prinzen befreundet. War ihm der Prinz nichts mehr schuldig?
Er ging zu Prinz Heinrich. Er mußte lange warten, es war nachmittags, und der Prinz schlief. Dann kam er, im geblümten seidenen Pyjama, mit schlafgeröteten Wangen und Grübchen wie ein gewecktes Kind.
»Ach, Theo!« sagte der Prinz.
Er setzte sich, legte einen Fuß auf den Tisch, ließ die Pantoffeln fallen und betrachtete seine spielenden Zehen. Dazu summte er ein Lied. Er gähnte dazwischen. Er hörte

nicht alles, was Theodor sagte. Schließlich unterbrach er ihn:
»Du kannst mit mir nach Königsberg fahren, zur Bootstaufe!«
Also fuhr Theodor, mit einer blühweißen Seemannskappe bekleidet, in einem Coupé erster Klasse nach Königsberg. Seine Hoheit der Prinz schlief unterwegs, ein Buch von Heinz Tovote in der herabhängenden Rechten. Der Ruderklub »Deutsche Treue« holte sie ab, fütterte sie, legte sie schlafen. Sie standen am nächsten Tag, es war ein Sonntag, am Seeufer, und es regnete, wie gewöhnlich bei Bootstaufen. Eine weißgekleidete Jungfrau hielt ein Weinglas in der Rechten, einen Regenschirm in der Linken, der Prinz trat an das Boot, gab ihm seinen Namen und zerschmetterte das Weinglas am Bordrand. Alle riefen dreimal hipp, hipp, hurra! und der Regen rauschte.
Nachmittags besichtigten sie eine Ehrenkompanie der Reichswehr, lernten die Burschenschaft »Rhenania« kennen, und Theodor erkannte in dem Studenten Günther einen Kameraden aus dem Felde. Sie tranken zusammen, sie gingen durch die Stadt, sie erzählten Erlebnisse, sie hielten einander für prachtvolle Menschen und umarmten sich. Nun gab es kein Geheimnis zwischen ihnen, Theodor verschwieg nur seine Verbindung mit dem Prinzen und mit Klitsche. Dennoch nannte er auch diesen Namen einmal, und nun gestand Günther, daß auch er der Stelle S II in München angehöre und von Klitsche Aufträge erhalte. Aber er sei jetzt der Politik müde und wolle heiraten. Seine Braut lebe

in Berlin. Ja, er wolle mit Theodor nach Berlin fahren. Er sehne sich.

Seine Braut war die Tochter eines Arbeiters. Der Vater Betriebsrat bei den Schuckert-Werken. Ein einfacher Arbeiter sogar und ein Roter.

Ob Günther nun auch ein halber Roter wäre, fragte Theodor. Er hielt die Hände in den Taschen und spreizte die Finger. Er horchte mit tausend Ohren.

»Nein!« Aber Günther sprach mit seinem Schwiegervater und ließ eines jeden Meinung gelten.

Sie fuhren zusammen; der Prinz schlief in einem Abteil nebenan, und Theodor schwieg. Er sah in die Landschaft. Er betrachtete Günther, den strohblonden, blauäugigen Buben mit dem dummredlichen Gesicht.

Was war ihm Günther? Name und Gesicht gleichgültig und durch Zufall bekannt. Wie der junge Thimme zum Beispiel.

Liebte er Günther? Liebte er jemanden? Ja, er liebte sein Volk. Im Dienste seines Volkes stand er. Wenn Günther nicht die Wahrheit sprach? Wenn er nur die Hälfte sagte? Wenn er ein Verräter war? Mit den Kommunisten verhandelte? Die Organisation verriet?

Hier war Theodor auf eine Sache gestoßen. Und mußte vorsichtig sein. Die Sache wies einen Weg.

Detektiv Klitsche hörte Theodor zu. War Näheres nicht zu erfahren?

Es gab nichts, weder konnte die Braut Günthers etwas verraten noch Günther selbst. Einmal fragte Theodor vorsichtig, ob der Schwiegervater nicht Kommunist wäre.

»Ja!« Günther lachte.
Sie gingen durch den Abend, Arm in Arm, Theodor und Günther. Schon betäubte ihn die Macht, Theodor, den Mächtigen, schon knotete er Schlingen mit gehässigen Fingern, Theodor, der Kluge; sah er seine Verdienste, sich selbst erhaben über Klitsche, über Trebitsch, über alle. Er fuhr nach München, mächtig wurde er, übernahm die Leitung. Theodor, ein Führer. Hastig lief er zu Trebitsch, erzählte von Günthers Verrat. Gefahren sah er und schilderte sie und hetzte sie in Begeisterung, angespornt durch des Bärtigen zustimmendes Lächeln. Am Abend sendete Klitsche Boten aus, sechzehn Angehörige der Stelle S, römisch II, kamen zusammen, zwei Kerzen entzündete Trebitsch und verlas das Protokoll mit Theodor.
Hat Günther gestanden, daß sein Schwiegervater Kommunist und Haupt einer geheimen Organisation ist?
Ja!
Die Arbeiter mit Waffen versorgt?
Ja!
Und Günther beteiligt sich an den Arbeiten?
Ja!
Die Paragraphen acht und neun aus den Statuten lauten:
»Dem Femetod verfallen ist, wer gegen die vaterländischen Organisationen durch List oder offene Gewalt vorgeht; wer mit Parteien der Linken ohne Wissen der Leitung und nicht zu Spionagezwecken Verkehr pflegt.«
Der Student Günther ist schuldig.
Entscheidet das Los?

»Ich übernehme die Aufgabe!« sagte Klitsche.
Man schweigt. Der Atem staunender Verehrung schlägt Klitsche entgegen. Man singt ein Trutzlied:

Der Verräter zahlt mit Blut,
Schlage sie tot, die Judenbrut,
Deutschland über alles.

Kapitel 7 Es war eine Freiturnübung in Weißensee angesagt, unter dem Kommando des Leutnants Wachtl. Hundert Schritte von den anderen entfernt gingen Klitsche, Theodor und Günther. Gast war Günther, herzlich begrüßt und mit Witzen unterhalten. Man hörte das starke Lachen Klitsches.

Sie blieben stehen, beschlossen zu rasten, es hackte ein Specht unermüdlich, schüchtern pfiff ein Vogel. Hundert Mücken tänzelten in der ungewöhnlich warmen Aprilsonne, frisch und betäubend roch der Waldboden.

Theodor möchte gern das Ende des Waldes sehen. Ach! Der Wald hat kein Ende, Theodor fiebert, er spürt einen Druck auf der Schädeldecke, als lasteten viele, viele Baumstämme auf seinem Kopfe. Tränen überquellen sein Auge, er kann nicht mehr sehen, er läßt sich neben Günther nieder.

Jetzt wartet er, wartet wie auf seinen eigenen Tod. Es kam zu schnell. Zu schnell. Theodor sah vor sich unzählige Baumstämme, die das Sonnenlicht brachen und dämpften. Aber die Bäume waren körperlos, Schattenbäume, sie standen nicht fest, sie befanden sich in einer fortwährenden, unmerklichen Bewegung, als wäre der ganze Wald eine Kulisse aus dünnem Schleierstoff, von einem ganz sanften Wind bewegt. Deutlicher als die Baumstämme, die sich vor ihm befanden, sah Theodor den Detektiv Klitsche hinter sich; sah, wie er eine Beilpicke erhob, mit beiden Händen, und sich reckte, fühlte, wie Klitsche den Atem anhielt, und dann schloß Theodor die Augen. Als er sie wieder

aufschlug, sah er Günther neben sich niederbrechen, sah er den halboffenen Mund des Liegenden, den halben Schrei, den steckengebliebenen, und fühlte eine lastende Stille. So ruhig war es im Walde, als wartete alles auf den Todesschrei, der nicht kam.
Zwischen den Brauen Günthers, an der Nasenwurzel, steckte die Spitze der Beilpicke. Sein Angesicht war weiß, violett schimmernd unter den Augen. Noch atmete er. Der Daumen seiner linken, auf der Brust liegenden Hand bewegte sich wie ein kleines, fleischiges, sterbendes Pendel. Mit einem letzten Röcheln verzog er die Oberlippe, man sah seine Zähne und ein Stück weißlichgrauen Zahnfleisches.
Klitsche warf einen Sack über Günther, die Beilpicke ließ er stecken. Er schleppte ihn weiter über Tannennadeln, über Sandboden, über Zapfen, die leicht knisterten. Da war eine Grube, da hinein fiel Günther, Klitsche zog den Sack fort, um die Beilpicke zu entfernen.
Rot und steil, mit unendlich feinem Prasseln, schoß das lang gehemmte Blut aus Günthers Stirn hinauf in die Baumkronen, eine rote Schnur, und tropfte von den Tannen.
Es waren klebrige, zähe Tropfen, sie erstarrten sofort, im Niederfallen noch. Verkrusteten sich wie roter Siegellack. Unendliches rauschendes Rot umgab Theodor. Im Felde hatte er dieses Rot gesehen und gehört, es schrie, es brüllte wie aus tausend Kehlen, es flackerte, flammte wie tausend Feuersbrünste, rot waren die Bäume, rot war der gelbe

Sand, rot die braunen Nadeln auf dem Boden, rot der scharfgezackte Himmel zwischen den Tannen, in grellgelbem Rot spielte der Sonnenschein zwischen den Stämmen. Purpurne, große Räder kreisten in der Luft, purpurne Kugeln rollten auf und nieder, glühende Funken tänzelten zwischendurch, verbanden sich zu sanft gewellten Funkenschlangen, trennten sich. Aus Theodors Innerem kam das rauschende Rot, es erfüllte ihn, schlug aus ihm, aber es machte ihn leicht, und sein Kopf schien zu schweben, als wäre er mit Luft gefüllt. Es war wie ein leichter, roter Jubel, ein Triumph, der ihn hob, ein beschwingtes Rauschen, Tod der schweren Gedanken, Befreiung der verborgenen, begraben gewesenen Seele.
Klitsche glitt aus, fiel nieder, stöhnte einmal. Die Beilpicke stand noch eine Weile in der Luft mit aufwärtsragendem Stiel, als wäre sie lebendig, und wankte seitwärts. Theodor griff sie auf. Er ahmte Klitsche nach, erhob die Beilpicke und ließ sie niedersausen. Klitsches Schädel krachte ein wenig. Weißgrauer und blutiger Brei quoll aus seiner Stirn. Irgendwo hackte wieder der unermüdliche Specht, zwitscherte der schüchterne Vogel, stieg der schwere Dunst aus dem Waldboden.
Mit leichten Schritten ging Theodor durch den Wald, mürbe Zweige krachten unter seinen Füßen, leicht war er wie eine der hundert tänzelnden Mücken.

Kapitel 8 Nach München meldete der Bericht, daß Günther Klitsche im Kampfe erschlagen habe und von Theodor Lohse nachher umgebracht worden war. Es wurde von den sechzehn Angehörigen der Stelle S, römisch II, bezeugt. Die Toten waren gründlich begraben. Ein geschossenes und auseinandergeschnittenes Eichhörnchen lag auf ihrem Grabe und erklärte die Herkunft der Blutspuren.
Frei war die Bahn Theodor Lohses. Klitsches Erbschaft verwaltete er und baute sie aus. Heiß ging sein Atem, kurz war sein Schlaf und weit das Feld, das er beackerte. Aus vierzig Mittelschulen bildete er eine Garde. Unverläßliche Spione schaffte er ab. Dreimal in der Woche hielt er Vorträge. Eine halbe Stunde bereitete er sich vor, aus Trebitschs Flugschriften und aus dem »Nationalen Beobachter«. Er verwaltete Geld, das er von Major Pauli erhielt. Er schrieb Rechnungen und erteilte keine Vorschüsse, es sei denn an sich selbst.
Allmählich begriff er die Zusammenhänge, die er früher nur in Artikeln aufgedeckt hatte. Er fuhr nach München, er lernte seine Vorgesetzten kennen, einen General, der nie nach Preußen reiste und in Bayern unter dem Namen Major Seyfarth wohnte. Er hatte das Bedürfnis, Ludendorff zu besuchen, aber er durfte es nicht, direkter Verkehr mit Ludendorff war verboten. Er verlor die Verehrung für diesen und jenen, den er groß genannt und gewähnt hatte. Er sprach mit Nationalsozialisten und achtete sie gering, weil er erfuhr, daß sie nicht in alles eingeweiht waren und daß Geheimnisse auch ihnen nicht offenbar wurden. Theodor lernte horchen und mißtrauen. Man belog ihn.

Es kränkte ihn. Seinen Fragen gebot man Halt. Es richtete seinen Ehrgeiz auf, es blies ihm neuen Mut ein, Einfluß wollte er, nicht kleine Selbständigkeit, Anfang einer Kette sein, nicht ihr unscheinbares Glied. Aber sein Eifer überwältigte ihn selbst, drang aus ihm, verriet ihn, seinem Fleiß mißtraute man, seine Hitze machte ihn verdächtig. Jeder der Generale, Majore, Hauptleute, Studenten, Journalisten, Politiker klebte an seiner Stelle, es beherrschte sie Angst um ihr tägliches Brot, nichts mehr, nichts weniger. Dazwischen trieben sich kleine Menschen herum, Gäste der Organisation, der rote Wanderredner Schley, der Pfarrer Block, der Schulmädchen verführte, der Student Biertimpfl, der eine Unterstützungskasse geplündert hatte, der Artist Conti aus Triest, Matrose und Deserteur, der jüdische Spitzel Baum, dessen Spezialität Aufmarschpläne waren, der Elsässer Blum, ein französischer Spion, Klatko aus Oberschlesien, Invalider aus den Abstimmungskämpfen; Marineleutnants und Überseedeutsche, Flüchtlinge aus den besetzten Provinzen, ausgewiesene Regierungsräte, Prostituierte aus Koblenz, Straßenbettler aus den Rheinstädten, ungarische Offiziere, die unkontrollierbare Wünsche geflüchteter Mitglieder aus Budapest brachten, von der Polizei Verfolgte, die falsche Pässe forderten, Redakteure, namenlose, die Geld zur Gründung kleiner Blätter wollten. Jeder wußte etwas, konnte gefährlich, mußte befriedigt werden.

Es gab Witzige, Dumme, Menschen, von denen Theodor lernen konnte, andere, die von ihm zu lernen suchten. Viele kannten ihn, sein Name war ihnen geläufig, vor Spitzeln mußte er sich in acht nehmen. Er mußte es überhaupt. Er ging durch die Straßen, die Hand am Revolvergriff in der Tasche, er mied dunkle Gegenden, nie trat er aus dem Haus, ohne sich umzusehen, in jedem Passanten witterte er einen Feind, in jedem Gesinnungsgenossen einen persönlichen Gegner. Auf seine Schar junger Leute allein konnte er sich verlassen. Er schuf einen Saal- und Versammlungsschutz, sprengte sozialistische Versammlungen, zog durch die Straßen mit flotten Gesängen. Zu den Vorträgen Trebitschs verteilte er seine Leute im Saal und ließ sie Beifall klatschen, zum Beifall ermuntern. Manchmal schrie ein ahnungsloser Zuhörer eine Beleidigung. Dann schrillte Theodors Pfiff, der Saalschutz strömte um den Zwischenrufer zusammen, keilte ihn ein, schlug ihn zu Boden, trampelte auf Rücken, Brust und Schädel und schlug sich in tödliche Begeisterung hinein.

Er instruierte, rüstete aus, bestrafte Feiglinge, belobte Mutige, ein kleiner Gott war er. Sich selbst übertraf er, längst war sein Glaube erschüttert, sein Haß geschwächt, seine Begeisterung ausgekühlt, er glaubte nur an sich, liebte sich selbst, begeisterte sich an seinen Taten. Er haßte nicht mehr die Efrussis und nicht mehr die Glasers. Er glaubte nicht an den Erfolg der Bewegung. Er begann, Trebitsch zu durchschauen. Er sah die Sinnlosigkeit dieses Schlagwortes, jenes Arguments. Er verachtete die Zuhörer, zu denen er sprach. Er wußte, daß sie alles glaubten. Er las Broschüren, Zeitungen, nicht um ihre Gesinnung zu teilen, son-

dern um sie auswendig zu lernen, Überzeugungen, die ihm gleichgültig waren, im Kopf zu behalten. Er sah, daß jeder nur für sich arbeitete, er tat es mit größerer Anstrengung als die anderen. Er wollte ... was er wollte, war ihm nicht klar.
Er wollte Führer sein, Abgeordneter, Minister, Diktator. Noch kannte man ihn nicht außerhalb seiner Kreise. Noch brannte der Name Theodor Lohse nicht in den Zeitungen. Er hätte gern ein Märtyrer seines Ruhmes werden, der Volkstümlichkeit des Namens sein Leben opfern mögen. Es schmerzte ihn der Zwang zur Namenlosigkeit, unter dem er alle Taten verrichten mußte. Und je geringer die Kraft seiner Überzeugung wurde, desto mehr erweiterte er die Gebiete seines vorgetäuschten Hasses: Nun sprach er nicht nur gegen Arbeiter und Juden und Franzosen, sondern auch gegen den Katholizismus, die Römlinge. Er überfiel den Saal, in dem der katholische Schriftsteller Lambrecht sprach. Er saß in der ersten Reihe. An ihm vorbei rauschten Sätze einer fremden, unverständlichen Sprache. Aber ein Wort fiel nieder, das Wort »Talmud«.
Es rüttelte an Theodors halb eingeschläfertem Bewußtsein. Er pfiff, und vierzig Ochsenziemer seiner Schar prasselten auf die Zuhörer. Dem Schriftsteller Lambrecht schrie Theodor »Jud!« und »Römling!« entgegen. Er formte eine große Speichelkugel auf der Zunge. Er spie sie gegen Lambrecht. Er zerrte eine grauhaarige Frau am Kopfe durch die Sitzreihe. Er drehte ihre Handgelenke. Die Frau schlug ihn mit den Beinen, gellte in seine Ohren. Plötzlich wurde sie schwer, fiel nieder. Es schrillte seine Pfeife. Alle verschwan-

den. Die Polizei fand nur noch einen Tatbestand vor und verhaftete zwei Verletzte, in deren Taschen sie rote Knöpfe gefunden hatte und die harmlose Mitglieder eines Kegelklubs waren.
Er liebte Franziska, die zu ihm kam, eine Spionin. Berichte brachte sie von der Kommunistischen Partei, kurzgelockt war ihr Haar, braungelb ihre Haut. Er weinte, als sie verschwand mit seiner Kasse, seinen Berichten, ihm fehlte Geld. Der Postbeamte Janitschke verlangte Honorar für gestohlene Briefe. Er hatte einen lahmen Arm, aber er drohte mit Anzeigen. Der Spitzel Bräune wollte Reisegeld nach Frankfurt an der Oder, seine Frau hatte ein Kind bekommen, und er mußte heim. Theodor meldete den Fall Franziska, das Geld sollte er selbst zurückerstatten, er flehte bei Trebitsch um Hilfe. Trebitsch riet ihm: Efrussi. Er wartete lange im Vorzimmer. So lange hatte er gewartet, als er das erstemal zu Efrussi kam um die Lehrerstelle. Es schrillte die Glocke, zweimal, dreimal, der schwarze Diener bewegte sich stelzend, mit vorgestreckter Brust, eingezogenen Knien, wie ein Mensch aus Holz. Immer noch trug Efrussi das blasse, kalte, schmerzliche Antlitz einer alten, strengen Frau, ein Hauslehrer wurde man in seinem Zimmer, ein Theodor Lohse von damals, ein ganz kleiner Theodor Lohse.
Efrussi verlangte eine Bestätigung. Er steckte den Scheck in einen Umschlag und: »Gehen Sie zu Major Pauli«, sagte er. Er befahl, Theodor gehorchte, er ging zu Major Pauli, er begriff, er wußte. Groß war die Macht Efrussis, stärker war

er als irgendein Theodor Lohse, man hörte niemals auf, sein Hauslehrer zu sein, sein Diener, sein Abhängiger. Und der alte Haß erwachte, schrie in Theodor: Blut, Blut, Judenblut! Erst als er vor dem Major Pauli stand, straffte sich der Schlaffgewordene, verlor sich seine gelockerte Haltung, wandelte sich seine Wehmut in Respekt, und mit schneller Sorgfalt raffte er alle Kräfte zusammen und machte sie einem einzigen Zweck nur dienstbar: der militärischen Strammheit. Über der Erinnerung an den lästigen Bittgang zu Efrussi schwebte die Stimme des Majors. Den Klang seiner zusammengeschlagenen Hacken trug Theodor fort in sein Arbeitszimmer, kein Abenteuer drohte ihm mehr, Boten kamen, Briefe schnitt er mit dem glatten Papiermesser auf, dessen kühle Elfenbeinfläche er liebkoste.

Kapitel 9 Manchmal kam der Bruder des toten Klitsche. Er diente bei der Reichswehr, er nahm die strammste Haltung an, wenn er sprach, er sagte in einer Minute fünfzehnmal Herr Leutnant und besaß dennoch eine unbestimmte Vertraulichkeit mit allen Dingen dieses Zimmers. Sein Auge grüßte Tapeten, Decke, Diele wie alte Bekannte. Er war auf diesem Sofa gelegen, auf diesem Stuhl gesessen, und er sah dem toten Klitsche ähnlich. So ähnlich, daß Theodor das Angesicht des Toten nicht vergessen konnte und nicht, weshalb er eigentlich hier saß, arbeitete, arbeitete und wuchs.

Wäre dieser Bruder Klitsches nicht gewesen, Theodor hätte innegehalten – er wußte es nicht bestimmt, wahrscheinlich hätte er gerastet. Nach einer Pause sehnte er sich manchmal. Dann aber stieg das Angesicht Klitsches auf und Günthers, und Theodor arbeitete. Er hat beide getötet, nicht umsonst hat er sie getötet. Den einen anzuzeigen war seine Pflicht gewesen, den anderen, der vielleicht schon tot war, ehe er den Schlag erhalten hatte, zu töten, das war eine Aufgabe, die Früchte tragen sollte.

Aber es kamen Abende, an denen Theodor sich mit der Frage beschäftigen mußte, ob die Toten endgültig tot seien. Dann ging er in die Kaiser-Wilhelm-Diele, in die kleine Bar, wo man ihn kannte, guten Tag, Herr Leutnant, sagte und seinen Besuch schätzte. Ein paar Kameraden seiner Gruppe umschmeichelten ihn, machten ihm Platz in der Mitte, sahen ihm auf den Mund und – erkannten sie an den ersten Sätzen, daß es eine lustige Geschichte würde, dann lachten sie und waren erschüttert von Theodors Humor. Theodor kannte viele Geschichten, er war Held und Mittelpunkt aller, er hatte nicht umsonst jahrelang zugehört und gelacht; jetzt wußte er, daß der Erzählende Mittelpunkt sein mußte. Manchmal auch vergaß er und glaubte, manches selbst erlebt zu haben. Denn er trank, und auch der Beifall berauschte ihn, und er saß rittlings auf hohem Barstuhl, und ihm war, als galoppierte er.

Er hörte das Gelächter der Freunde aus der Ferne, die Musik, die im großen Saale spielte und unhörbar gewesen war, rückte näher, sie spielte das Lied vom schwarzbraunen Mädchen, und es war Theodor zum Weinen traurig, und er wunderte sich nur, daß die Bardame lächelte.

Er trank noch einen Gemischten und sank vom Stuhl und erwachte morgens.

Oh, wie gern hätte er sich einer anderen Art der Entspannung hingegeben! Es war schön hinauszufahren, der Sommer lag breit und mächtig über der Welt, und in den Wäldern war … In den Wäldern gefiel es Theodor nicht, die Toten lagen in den Wäldern, sie wurden von Würmern gefressen, und grünes Gras sproßte aus ihrem Gebein.

Einmal kam die Ruhe, spät, auf den Gipfeln erst war sie, weit war der Weg und Theodor müde.

Aber es trieb ihn zu den Gipfeln, er sah sie nicht, kannte sie nicht, er konnte sie sich kaum vorstellen. In ihm schrie es: aufwärts, um ihn schrie es: aufwärts, schon kannte er die Wege, schon war er ein Gruppenführer, schon lebte er mit Journalisten gut, er kannte den großen Politiker Hilper, er

ging auf die Galerie des Reichstags, er hörte sich selbst schon reden, er sah sich in diesem Saal, an der Spitze seiner Leute, hörte seinen schrillen Pfiff, er schlug auf die Abgeordneten, verjagte sie, er schrie: Hoch die Diktatur! Oben, hoch oben in der Nähe des Diktators, stand Theodor.
Er entsann sich seiner alten Methode: Er trat in direkten Verkehr mit Hohen und Höchsten. Jetzt kannte er sie. Über seinem »Major Seyfarth« stand der »Marinekapitän Hartmut«. Theodor ersann Pläne; er suchte das Leben, die Gewohnheiten jüdischer und sozialistischer Männer zu erkunden; manches erfuhr er, anderes erfand er. Er schrieb im »Nationalen Beobachter« über eine erfundene Verbindung eines Politikers mit französischen Spionen und schlug ein Attentat vor. Er war klug und fand Anhaltspunkte für jede Beschuldigung. Er übertrieb, korrigierte Tatsachen, sein Verdacht ruhte auf irgendeinem Ereignis. Manchmal erriet er eine geheime Verbindung. Journalisten machten ihn auf unscheinbare Vorfälle aufmerksam. Er schickte seine Spione aus. Er wußte, daß jeder dieser Spitzel übertrieb. Er vergrößerte ihre Übertreibungen. Er arbeitete Pläne zur Befreiung gefangener Organisationsmitglieder aus. Er sendete die Pläne nach München – an den Kapitän Hartmut. Er verdiente zumindest Geld. Er verfaßte Rechnungen. Unzufriedene Spitzel begütigte er durch kameradschaftlichen Händedruck. Es gab Dumme, sie ließen sich alles gefallen. Sie warteten.
Aber die Stelle S, »Major Seyfarth«, sendete Rügen und Ermahnungen, bestellte Theodor nach München. Theodor

hatte Ausreden. Theodor ging vom »Major Seyfarth« zum »Kapitän Hartmut«. Er war ein alter Herr, er trug spärliches Haar über der Glatze, von hinten nach vorn gekämmtes, und er lauschte mit dankbarer, aber nie gestillter Gier einem Kompliment, einer Schmeichelei. Theodor erkannte ihn. Manchmal ließ er ein vorsichtiges Urteil über die Stelle S fallen. Einmal sagte Theodor: Wenn er nicht die Stelle S hätte, sondern den Kapitän selbst – das wäre anders. Er brauchte einen freien Geist, er, Theodor Lohse.

Er vergaß, daß Trebitsch lebte; daß Trebitsch verdienen mußte; daß auch der Rechnungen verfaßte; daß es seine Aufgabe war, Theodor zu überwachen. Und Trebitsch teilte mit, daß Theodor im Eifer dieses übertrieben, jenes falsch gesehen hatte. Oh, er besaß zuverlässige Augen und Ohren, der Jude Trebitsch.

Theodor bereitete die Befreiung eines Untersuchungsgefangenen vor. Er fuhr nach Leipzig. Einer der Aufseher war Wachtmeister in Theodors Kompanie gewesen. Ihn wollte er für die Organisation gewinnen. Er teilte nach München gute Fortschritte mit. Und erhielt den Besuch eines Mannes mit dem schriftlichen Befehl, heute noch, spätestens morgen auf das Gut Lukscha in Pommern mit fünfzig Männern abzureisen.

 Er war ohnmächtig, erbittert, rachelüstern. Er ging zu Trebitsch ... War ein Theodor Lohse nicht unentbehrlich?

Und Trebitsch lächelte. Er kämmte mit gespreizten Fingern seinen Bart. Es blieb nichts übrig, Theodor reiste.

Auf dem Gut Lukscha in Pommern streikten die Landarbeiter. Der Freiherr von Köckwitz rief nach Hilfe.

Er war alt, der Freiherr von Köckwitz. Er war verwitwet. Er hatte drei Söhne: Friedrich, Kurt, Wilhelm. Er war ein Jäger. Er schoß gut. Er schoß den ganzen Tag. Er besaß ein Waffenarsenal im Keller. Er war streng gegen sich und andere. Er empfing Theodor um die Mittagsstunde. Die Sonne brannte. Theodors Leute hatten eine Stunde Marsch hinter sich. Der Freiherr verlangte militärischen Schritt. Waren das Landstreicher? Ging man in Gruppen? Er forderte Viererreihen. Er dirigierte den Zug nach der großen Scheune. Sie lag eine Viertelstunde weiter. Theodor marschierte, erbittert, ohnmächtig, rachedurstig. Er kannte den Freiherrn von Köckwitz.

Jeder kannte ihn. Er hatte einen Arbeiter beim Holzfällen erschossen. Er bedrohte Sonntagswanderer mit schußfertigem Gewehr. In seinen Wäldern verschwanden erdbeerensuchende Kinder. Seine Söhne standen im Sommer hinter Hecken verborgen; erlauerten Ausflügler; schossen auf Wandervögel. Der jüngste Sohn war zwölf Jahre alt und zielte auf die Tauben der Förster. Freiherr von Köckwitz hatte seine Frau ins Grab geärgert. Sie war eine geborene von Zick. Ihr Großvater nachweislich bei der Post gewesen. Junger Adel von der Pferdepost. Sie starb an ihrem Groß-

vater. Die Zeitungen schrieben über den Freiherrn von Köckwitz. Die Gerichte ließen Anklagen verstauben, zerfallen, Staatsanwälte waren zu Jagden eingeladen. Untersuchungsrichter spielten Poker mit Kurt. Man kannte den Freiherrn von Köckwitz. Man verspottete ihn. Man erzählte Köckwitz-Anekdoten. Jedes Jahr streikten seine Arbeiter. Immer halfen ihm Roßbach-Leute. Diese Sommerarbeit fürchtete man. Beim Freiherrn von Köckwitz erhielt man zweimal täglich Essen. Graupensuppe und Schwarzbrot.
Sie lagen in der Scheune, verärgert und hungrig. Am Nachmittag kam Freiherr von Köckwitz und befahl: »Lassen Sie Ihre Leute singen! Ich liebe Gesang!« Sie sangen, sie arbeiteten, sie aßen Schwarzbrot und Graupensuppe, sie legten sich schlafen, sie standen beim ersten Morgenstrahl auf. Sie sangen.
Einmal kam der Freiherr aufs Feld. Er war gut gelaunt. Er lud den Untersuchungsrichter ein. Er lud auch Theodor und die fünfzig ein. Er sprach mit Theodor. Schimpfte auf die Arbeiter. Sie waren Polacken. Kein Tropfen deutschen Blutes, Juden verführten sie. In dieser Gegend lebten überhaupt Juden, Polacken, rotes Gesindel. Es war zum Niederknallen.
Niederknallen sollte man sie. In dieser Nacht brannte die große Scheune. Einer von Theodors Leuten hatte geraucht. Der Freiherr drohte: Drei Taglöhne weniger. Aber der Untersuchungsrichter verdächtigte die Landarbeiter. Man verhaftete zehn.
Hundert zogen am nächsten Tage vor das Gut. Der Freiherr ließ Maschinenpistolen aus dem Keller bringen. Er ver-

lor den Appetit. Er schloß die Fensterladen. Ohrfeigte den zwölfjährigen Wilhelm. Schon sah er sein Haus vernichtet. Seine Söhne gehängt. Sich selbst gefoltert. Er ging nicht mehr in die Felder. Er schlief in Kleidern, die Pistole neben sich. Er fürchtete sich vor vergifteten Speisen. Er fürchtete sich überhaupt.

Theodor schlief im Hause. Nicht nur, weil die Scheune abgebrannt war. Wachen stellte Theodor auf. Die jungen Freiherren inspizierten. Der Alte war milde. Ein gütiger Greis. Er spendete für die Kirche. Er sah sich um, wenn er sprach. Er flüsterte.

In solcher Stimmung war er zugänglich jedem Rat.

Theodor war erbittert. Schickte man ihn weg? Wollte man seinen Namen untergehen lassen? Brennen sollte der Name Theodor Lohse in allen Zeitungen. Nicht vergessen sollte man Theodor Lohse. In Berlin und in München nicht. Man wird ihn nicht vergessen.

Man muß die Arbeiter herausfordern. Kam es zum Kampf – sie vernichten. Hundert Mann – hatten sie Waffen? Hier war ein Arsenal. Man wird Theodor Lohse nicht vergessen. Jeden Tag sangen sie:

Der Verräter zahlt mit Blut,
Schlagt sie tot, die Judenbrut,
Deutschland über alles.

Sie arbeiteten weniger. Sie exerzierten. Sie rückten mit Gewehren aus. Die Arbeiter hungerten. Ihre Kinder bekamen

dünne Hälse und große Köpfe. Die Frauen kreischten, wenn sie Theodors Leute sahen. Sie riefen: »Hunde!«
Man schoß in die Luft. Arbeiter kamen, hundert, zweihundert aus der Nachbarschaft. Sie trugen Stöcke. Sie warfen Steine. Sie zogen zum Gutshof.
Theodor ließ sie in den Hof. Drinnen schrien sie. Sie drängten gegen das Haus. Fensterscheiben klirrten wehmütig. In den Fenstern lag Bettzeug zum Auffangen der Steine. Ein Arbeiter, von Kameraden auf die Schultern gehoben, hielt eine Rede.
Theodor schoß. Der Arbeiter schwankte. Auseinander stoben alle. Vor dem Tor strömten sie zusammen und rüttelten vergebens an der dreifachen Riegelung. Sie schwangen sich über die Mauer. Aber drüben blitzten Gewehrläufe. Die Arbeiter ließen sich in den Hof fallen. Aus dem Hause tönten Schüsse.
Die Sterbenden stöhnten. Die Lebenden schwiegen. Es erhob sich eine große Ruhe. Es wehte Stille aus dem Hofe wie aus einem weiten, geöffneten Grab. Heiße Sonne strahlte von den Pflastersteinen wider. Hoch in der Luft trillerten Lerchen. Eine Hummel surrte wie ein großer Kreisel. Aus der Ferne scholl die Stimme eines Hundes herüber. Glocken der Dorfkirche dröhnten.
Viele entkamen über die Mauer, schlugen die lauernden Schützen nieder und entflohen. Dreißig blieben liegen, verwundet und tot. Blutgerinnsel zeichnete Landkarten auf das weiße Pflaster des Hofes.
Spät kam Gendarmerie, trank Bier auf dem Hofe, noch war

das Blut nicht getrocknet. Ein Grübchen im Kinderkinn hatte der junge Untersuchungsrichter und ein Hakenkreuz im Knopfloch.

Es schrieben die Zeitungen: Blutiger Aufstand der Landarbeiter! Eine Heldentat der Technischen Nothilfe! in die horchende Welt. Reporter kamen. Theodor Lohse sprach mit ihnen. Theodor Lohse stand in der Zeitung. Ein Student, Leutnant der Reserve, hat den Aufstand niedergeschlagen: Theodor Lohse.

Der Sonntag war Sammeltag für die Technische Nothilfe. Weißgekleidete Kinder verkauften Kornblumen aus Leinwand in den Straßen Berlins.

Kapitel 11 Theodor hörte das rote Blut, es schrie, es brüllte wie aus tausend Kehlen, es flammte wie tausend Feuersbrünste, purpurne Räder kreisten in der Luft, purpurne Kugeln rollten auf und nieder. Aus seinem Innern kam das rauschende Rot, es erfüllte ihn und machte ihn leicht, ein roter Jubel kam über ihn, ein Triumph hob ihn empor.

Aber wehmütig war er in den Abendstunden, wenn die Fledermäuse zu flattern begannen und die Frösche quakten, das Wispern der Grillen unablässiger und eindringlicher wurde und eine Magd bei der letzten Arbeit des Tages sang. Gerührt, mit einer schluchzenden Seele, betrachtete er den abendlich geröteten Himmel, und er pfiff wehmütige Lieder. Ihm war wie in der Kaiser-Wilhelm-Diele, wenn die Musik das Lied vom schwarzbraunen Mägdlein spielte.

Er gewann seinen Glauben an die Sache wieder, der er diente, wenn der alte Freiherr traurig wurde und von deutschen Landen zu reden begann, die den Polacken anheimgefallen. Irgendwo hörte Theodor Hörner blasen, einer Kriegstrompete aufschreckenden und sterbebangen Ruf. Er war mitten im Krieg, er kämpfte und stritt, er verteidigte heilige Erde, und er war bereit, sein Blut zu verspritzen, wenn der alte Freiherr das Wort »Scholle« sagte. Er sprach ein langes, sehnsüchtig klingendes O und ein hartes ostpreußisches L, er holte Atem, ehe er die erste Silbe aussprach, und stieß ihn bei der zweiten Silbe aus mit einem Seufzer. Theodor sah manchmal in dem alten Freiherrn das Bild eines der letzten deutschen Adligen, denen in der neuen Zeit der Untergang drohte.

So war es nicht immer. Wenn es regnete und Theodor in der Bibliothek des Freiherrn saß, las er Romane in der »Woche«, betrachtete in Zeitschriften Photographien großer Männer, wurde nüchtern, wie er immer gewesen, und den Freiherrn sah er nicht mehr begeistert, sondern als einen alten, mit kleinen Lächerlichkeiten behafteten Mann, wie ihn alle sahen; mit verzeihendem Verständnis allerdings und einer Dankbarkeit, die er dem Hause für eine über die üblichen Maße und ausnahmsweise genossene Gastfreundschaft schuldig war.
Denn Theodor wurde besser gehalten als jemals einer von den alljährlich gebrauchten Helfern. Theodor war Zeuge in dem Prozeß gegen die Landarbeiter. Er unterhielt sich mit dem Untersuchungsrichter. Er begleitete den Freiherrn nach Berlin. Schon war vollkommene Gefahrlosigkeit sicher. Dennoch genoß Theodor liebevolle Behandlung. Ein schwerverletzter Arbeiter, den man für den Aufrührer hielt, wurde rasch im Spital gesund gepflegt. Er bekam sogar Wein, nachdem sein Wundfieber verschwunden war. Die Anklage legte ihm Haus- und Landfriedensbruch zur Last und Mordversuch.
Der Prozeß dauerte eine halbe Stunde. Der Arbeiter bekam acht Monate Zuchthaus. Der Staatsanwalt saß am Abend mit Theodor Lohse und dem Freiherrn im »Kaiserhof« bei einer Flasche Wein.
Eine Woche später nahm Theodor Abschied vom Gutshof. Er konnte seine Rührung nicht unterdrücken, er dachte daran, daß der alte Freiherr bald sterben werde, er dachte

an die Abendstunden, den Gesang der Frösche und der Grillen, die gemeinsamen Gefahren, die ihn mit dem Hause verbunden hatten, und an die Heiligkeit der »Scholle«.
Dann marschierte er an der Spitze der fünfzig ab, zum Bahnhof. Sie sangen auf der breiten Landstraße. Theodor beschloß, ihnen erst in Berlin die Löhnung auszuzahlen. Der Freiherr hatte in der Stunde des Abschieds die drei Taglöhne nicht abgezogen.
Theodor gedachte, es zu tun.

Kapitel 12 Nun ging er zu Trebitsch. Wie Triumph war sein Gruß. Hielt man ihn für tot? Sieh, es lebte Theodor! Lebendiger als je zuvor. Hatte man ihn vergessen? In den Zeitungen klang sein Name.

Die Wehmut verlor er. Vergaß das Zirpen der Grillen, den Gesang der Mägde, die Scholle. Schon griff er den alten Plan auf. Reiste nach Leipzig. Aber Pfeiffer war geflohen ohne Theodors Hilfe. Trebitsch hatte ihn befreit.

Theodor verschmerzte die verlorene Gelegenheit. Noch saßen Zange und Marinelli.

Nach München fuhr er. Bei Kapitän Hartmut fand er Mißtrauen. Trebitsch hatte gearbeitet. Seine Spuren erkannte er.

Nationalsozialismus war ein Wort wie andere. Es bedingt nicht Gesinnung. Er wurde empfangen, von nationalsozialistischen Führern mit Achtung ausgezeichnet vor anderen Wartenden. Man kannte ihn also. Unwissend waren sie. Theodor lüftete sachte Schleier. Er machte neugierig. Sie lebten im Rausch, in Begeisterung. Viele strömten ihnen zu. Sie waren Partei, nicht Geheimverbindung. Jenes schien Theodor machtvoller. Dort arbeitet man mit offenem Visier. Dort vergräbt man sich nicht. Dort klingt der Name wie mit tausend Glocken.

Er ging zu Versammlungen. Alle jubelten. Kleine Bürger tranken Bier. Aßen und jubelten, Krautknödel in den Mündern. Junge Sturmtruppen marschierten in den Saal. Standen an den Wänden. Trugen den Redner durch eine Gasse zwischen Stühlen, Publikum, Tischen. Viertausend Füße

trampelten. Kellner flitzten weiß. Scheine raschelten. Es war ein Volksfestjubel. Theodor war neidisch.
Wie arbeitete er schleichend, im verborgenen, umlauert von Feinden, innen und außerhalb!
Er ging in die Werbebüros. Wie kamen sie alle! Junge Arbeiter, Studenten, Handlungsgehilfen. Anderes Material als Theodors Gymnasiasten. Gläubiger waren sie, leichter entflammt, feurig, ehe sie kamen, lodernd, wenn sie aufgenommen waren. Eine Gefahr war Hitler. War Theodor Lohse eine Gefahr? Täglich nannten jenen die Blätter. Wann sah man Theodors Namen?
Aber Unterwerfung forderte der Große, der Naive, Ungebildete, im Rausch der Begeisterung Lebende. Männer, die so wenig wußten, waren sich selbst alles. Sie kannten kein Verhandeln. Sie hatten es nicht nötig. Wenn der Führer sein Büro verließ, grüßten fünfzig Menschen im Vorzimmer, und zwanzig standen stramm. Im Auto fuhr er. Mag sein, daß er nicht alles wußte. Daß man ihn vorschob. Aber ihn kannte jeder. Wer grüßte Theodor Lohse?
Major Seyfarth war unzufrieden. Wie durfte Theodor ihn übergehen? Auf seine Verdienste wies Theodor hin. Ja, Theodor drohte. Der Major sprang auf. Hatte Theodor den Eid nicht geleistet? Eide könne man brechen. Auf zweihundert Verwegene stütze sich die Macht Theodor Lohses. Theodor übertrieb. Kaum fünfzig Gymnasiasten beteten ihn an. Kleine, furchtsame Jungen waren sie.
Seyfarth zog sich zurück. Einen Ausweg wußte er. War nicht Arbeit genug für Theodor Lohse? Agitation? Propaganda?

In der Reichswehr etwa? War das nicht ein Weg? Wertvolle Verbindungen gewann man.
Theodor überlegte: Die zweihundert haben ihm imponiert. Nun fürchtete er sie. Das Militär versprach viel. Blieb ihm sein Einkommen gesichert? Ja, es blieb, und die Gage kam dazu. Er willigte ein.
Daheim sah er in den Spiegel. Nicht anders sah er aus als jener Führer. Niemand machte ihm Eindruck. Er blitzte sein eigenes Spiegelbild an. Sprach ein Wort aus, um seine Stimme zu prüfen. Sie trug die Worte. Sie konnte donnern.
Er machte einen Plan für die Reichswehr: ergebene Leute finden; ihr Lehrer sein, ihr Führer, Herr über Leben und Tod von hundert, zweihundert, tausend Bewaffneten.
Er rückte ein, ein Tag reichte für die Erledigung der Formalitäten. Mit fünf Empfehlungen rückte er ein. Potsdam war seine Garnison. Er trug eine Uniform nach neuestem Schnitt. Den Rock nicht mehr eng wie in alten Zeiten. Es war der neue Geist der Armee. Die Silberstreifen auf den Achselstücken lagen so, daß sie einen schmalen Tuchrand frei ließen. Das Bajonett hatte eine leise vernickelte Kuppel. Sie war in den Vorschriften nicht vorgesehen, aber lächelnd geduldet. Jeden Morgen exerzierte er. Lange hatte er das Exerzieren entbehrt. Er stand vor zwei Menschenreihen. Er merkte die leiseste Veränderung dieses und jenes Körpers. Er sah, wenn sich jemand rührte, wenn Stiefel nicht geputzt, Läufe nicht gefettet, Tornister schief geschnallt waren. Er befahl Kniebeugen, man gehorchte. Er befahl Laufen, man lief. Er donnerte Stillgestanden, man stand still.

Er hielt Unterricht am Nachmittag. Er las Broschüren von Trebitsch vor. Und sagte eigenes. Er machte einen Witz. Die Soldaten lachten. Er glaubte zu sehen, daß einer krank war. Er schickte ihn heim. Er war ein Kamerad. Er klopfte dem und jenem auf die Schulter. Er sprach über Mädchen. An Montagen fragte er, wie der Sonntag gewesen sei. An Samstagen wünschte er vergnügte Sonntage. Er bot Fürsprache beim Obersten den Bestraften an. Er selbst vermied Bestrafungen, begnügte sich mit Rügen. Die im Felde Gewesenen sammelte er um sich. Er kündigte Vorträge am Abend an. Viele kamen. Seine Kompanie spendete Beifall, riß andere mit. Nach einigen Wochen konnte er frei sprechen; fragte er, wieviel mit ihm durch dick und dünn gingen. Alle erhoben sich, alle. Er ließ einzelne einen Eid schwören. Er gab ihnen Geld und Broschüren zur Verteilung.
Mit den Offizieren sprach er wenig. Er kam ins Kasino. Sie sprachen vom Dollar wie alle. Leutnant Schütz, Sohn eines Bankmächtigen, hatte dem Obersten Papiere gekauft. Es waren Haussetage. Des Obersten gute Laune erheiterte das Kasino. Alle wollten Papiere. Sie wußten, was Effekten waren, Hausse und Lombard, Leutnant Schütz lieh allen. Er lieh auch Theodor.
Theodor las in den Abendblättern Kurse.

Kapitel 13 Er las Kurse.
Sein Geld vermehrte sich, er lernte sagen: Das Kapital wächst. Nun waren Wege frei. Wege zu weißschimmernden Villen im Tiergarten, zwischen samtenem Rasengrün, hinter silbrigen Gittern, mit steifen Lakaien und goldgerahmten Bildern. Darüber hätte Theodor fast anderes vergessen. Mächtiger als alle war Efrussi. Nie hörte man auf, sein Hauslehrer zu sein. Zu den Geheimnissen aller Macht führte wachsendes Kapital.
Immer hatte er Geld geliebt, er, Theodor Lohse. In der Schule vollbrachte er das erste Geschäft. Er sammelte für einen Kranz. Der kleine Berger war gestorben. Zwei Mark vierzig Pfennig bekam Theodor. Er kaufte den Kranz für zwei Mark zehn Pfennig. Dreißig Pfennig behielt er. Er hielt sie ein Jahr lang.
Immer war er sparsam gewesen. Als Student und später beim Militär lernte er Geld geringschätzen. Nur die ersten Schecks von Trebitsch gab er leichtsinnig aus. Er bereute es später. Er bereute immer, wenn er ausgegeben hatte.
Er reiste in Zivil und in der dritten. Er kaufte Wochenkarten für die Stadtbahn. Trug er die Uniform, so ging er zu Fuß.
In der Früh, wenn sie auf der Exerzierwiese rasteten, sah er die Frau mit dem Zuckerwerk von Soldaten umringt. Limonade verkaufte sie. Alle waren erhitzt und tranken. Theodor steckte Kaugummi zwischen die Zähne.
Dreimal täglich rauchte er, nach jeder Mahlzeit. Eine Zigarre genügte ihm. Er löschte sie aus, steckte sie wieder an.

Er sah, wie sein Geld wuchs. Wenn er erst reich war wie Efrussi, kaufte er sich einen Theodor Lohse.
Vorläufig blieb Theodor vor den Schaufenstern stehen und rechnete aus, was er kaufen könnte, wenn er seine Aktien losschlüge. Manchmal fragte er bei umherirrenden Maklern an, was dieses und jenes Haus kostete. Er bekam viele Angebote. Er sonderte sie in jene, auf die er nicht eingehen konnte, und solche, für die sein Geld reichte.
Fast hätte er darüber seine Aufgaben vergessen. Er glich einem Bräutigam, der den Sonnenaufgang am Tage der Erfüllung verschläft. Sein spähendes Auge irrte zu fremden Zielen. Sein eingeschläfertes Ohr vernahm nicht mehr die verheißenden Gewitter der Zeit. Er sah Trebitsch nicht mehr. Er schrieb nichts mehr für den »Nationalen Beobachter«.
Gleichzeitig ging er an den Lebensmittelläden vorbei, vor denen hungrige Mengen lärmten. Am Nachmittag plünderten Arbeiter in Potsdam.
Eine stille Geschäftigkeit herrschte in der Kaserne. Es rückte eine fremde Maschinengewehrkompanie ein und blieb – niemand wußte, wie lange. Niemand kannte den Oberleutnant, der sie befehligte.
Man sprach weniger, der Oberst saß schweigsam und steif. Er hatte dunkelrote, blaugeäderte Wangen. Sie hingen, wenn er schwieg, wie kleine Täschchen aus Haut über den Kragen. Am Ende der Tafel, wo die »jungen Leute« saßen, machte man keine Witze mehr. Man las Zeitungen, den politischen Teil, und kümmerte sich nicht um das Geld.
Es war eine angstvolle Feierlichkeit, als wartete man auf

eine beglückende Katastrophe. Major von Lübbe hielt einen Vortrag über die Zukunft des Luftkrieges. Es war jener bereits bekannte Vortrag, den Major Lübbe einigemal im Jahr aus einer alten Nummer der »Kreuzzeitung« vorzulesen pflegte. Er hatte als Hauptmann einen Artikel über Luftkriege verfaßt. Das war lange her. Wenn er den Aufsatz las, drückten sich die Stabsoffiziere. Nur die jungen Leute mußten bleiben und lauschen. Sie lauschten. Der Major sprach von Zeppelin. Er war einmal beim Grafen Zeppelin Gast gewesen. Und der Aufsatz handelte eigentlich nicht vom Luftkrieg, sondern von der Persönlichkeit des Grafen.
Diesmal drückten sich die Stabsoffiziere nicht. Es war der Zeit nicht angemessen. Sie erforderte strengste militärische und gesellschaftliche Pflichterfüllung. Aber diesmal sprach der Major auch nicht mehr so viel über den Grafen Zeppelin. Er sprach von der Zeit des Grafen und verglich sie mit der Gegenwart und mahnte zur deutschen Einigkeit. Und sprach von harrenden Aufgaben. Und sogar die Stabsoffiziere lauschten.
In zwei Wochen war die Enthüllung einer Gedenktafel fällig. Dazu hatte das Regiment alle alten Offiziere und den General Ludendorff eingeladen. Natürlich kam er. Der Oberst verkündete es im Kasino; er sprach langsam, er formte die Laute sichtbar, und er arbeitete dabei mit den Kiefern, so daß seine Täschchen schlotterten.
Man exerzierte mit erneuten Kräften. Man putzte Gewehre, fettete Läufe, übte Griffe. Die Musik spielte, alte Märsche frischte sie auf. Und die Menschen in den Städten hunger-

ten. Nachrichten vom Generalstreik brannten in den Zeitungen. Die Arbeiter schlichen mit schweren, langsamen Schritten am Abend durch die Straßen. Ihre Frauen warteten. Die Männer kamen nicht heim. Kalt war der Herd. Kein Essen war bereitet. Was sollten sie zu Hause? Sie gingen in die Schenken. Es reichte für Schnaps. Betrunkene fühlen keinen Hunger. Betrunkene torkelten, schleiften ihre Füße über den Asphalt. Straßen waren abgesperrt. Polizeihelme starrten. Über zerschmetterten Schaufenstern hingen Rollladen wie eiserne Sargdeckel. Verhaltene Schüsse erwarteten ihre blutige Stunde.
Ein Geheimbefehl erreichte Theodor: Eifer verdreifachen. Es fuhr in Theodor wie ein Trompetenstoß. Seine Zeit brach an. Er war bereit. Er rüstete sich für den Tag. Heute und morgen konnte es sein.
Er berief seine Garde. Die Jungen kamen. Sie brachten neue Kameraden aus dem Bismarck-Bund mit. Sie brachten Pistolen zum Einschießen. Theodor ging zum Waffenmeister. Alle Gewehre wurden geputzt. Alte Bajonette strahlten. Die Jungen blieben einen Tag in der Kaserne. Wie berauschte sie der Rost der alten Waffen! Und wie blendete sie der Glanz der neuen! Konnten sie's wissen? Dieses und jenes Gewehr hatte alle Kriege mitgemacht. Feinde getötet. Eine große Kraft ging von einem Gewehrkolben aus. Zauberhaft wirkte der Griff eines Säbels. Von welchem tapferen Reiter war er geschwungen worden? Blind war der Stahl … Von Blut! sagten sie. Rostflecke waren Blutflecke. Blut des Feindes klebte an den Waffen.

Am Sonntag kam der General.

Am Sonntag rückte das Regiment aus, mit klingendem Spiel. Die Oktobersonne strahlte wie im Frühling. Bürger winkten aus den Fenstern. Fahnen wehten. Kinder liefen mit. Es war wie im Frieden. Mancher vergaß seine Armut.

Vor dem General standen sie. Der alte Divisionspfarrer sprach. Ludendorffs Helmspitze schwamm im Sonnenglanz. Ein leises Ordenklirren kam von den Offizieren wie silberne, dünne Musik. Sporen läuteten wie Glöckchen. Wie eine Schicht schwerer Feierlichkeit lag der Atem der Mannschaft in der Luft. Man hörte leise Stimmen der Offiziere von der Mitte des Platzes her. Ein kurzes, starkes Lachen des Generals. Es klang wie ein Gurgeln.

Drei Sätze sprach der General, rechts neben der Gedenktafel. Er sprach harte Worte. Die Hände hielt er über dem Säbelknauf. Man hätte ihn für eine Statue halten können, eine bekleidete Statue.

Dann stieg er herunter, das Monokel klemmte er ein, wenn er mit jemandem sprach. Er sprach mit Theodor. Einmal habe ich ihm einen Brief geschrieben, denkt Theodor. Wie lange war es her! Wie jung war Theodor vor einem halben Jahre noch! Heute kennt ihn Ludendorff.

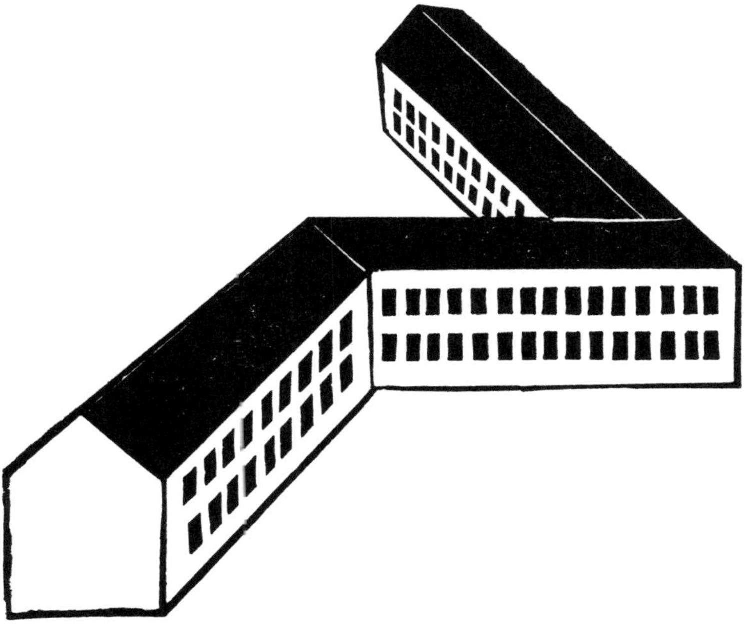

Kapitel 14 Geheimbefehle mahnten zur Bereitschaft für den 2. November. Theodor hatte drei Wochen Zeit. Er schlief nicht mehr. Seinen Tag erfüllte Hast ohne Ziel. An den Abenden hielt er Abrechnung über vergebliche Geschäftigkeit. Durch die wachen Nächte kreiste ohne Ende der planlose Entschluß: mächtig zu werden. Die flinken Ereignisse kamen ihm zuvor, überrumpelten ihn. War er am 2. November noch Mittel nur, nicht Führer, Glied einer Kette, nicht ihr Anfang, zwischen den anderen und nicht über ihnen, so hatte er seinen Tag versäumt. Dann erwartete ihn kein Glanz, sondern bescheidenes Ziel.

Mitten in seine kreisende Sorge schossen Heldenträume, klang der Ruf seiner Sendung, hob ihn roter Jubel empor. Günther und Klitsche und achtzehn Arbeiter waren tot, vergeblicher Erfolg acht eifervoller Monate. Mißbrauchtes Werkzeug fremder Lust war Theodor gewesen. Wofür? Verantwortung schuldete er nur sich selbst. Er trug sie leicht, wenn sein Ziel erreicht war; er ging an ihr zugrunde, wenn er unterwegs blieb. Er durfte nicht mehr innehalten. Aber er hatte sich Zeit gegeben, ein Jahr wenigstens, noch spann er seine Fäden, noch bargen sich vor ihm Menschen und Dinge. Man hatte ihn abseits gestellt, sein Eifer hatte ihn verraten, er hätte bedachtsamer Wege wählen müssen. Jetzt tat er, was hundert andere taten: Vorträge halten, Broschüren verteilen. Längst war er nicht in München gewesen … wer weiß, neue Menschen führten, und der Zufall brachte einen anderen Klitsche ans Licht.

Ein Jahr noch – und er wäre vielleicht reich, und Geld erwarb

ihm alles, wozu der Eifer nicht reichte. Aber hart vor ihm lag der 2. November. Die Nähe des Tages verwirrte ihn, nahm seinen Entschlüssen Besonnenheit. Unter ihm schwankte der Boden, sein Weg führte nicht mehr empor.
Halbe Tage war er unterwegs zwischen Potsdam und Berlin. In seinem Büro las er den Einlauf, zu Trebitsch ging er. Der war ein Beispiel zielsicherer Ruhe. Trebitsch benahm sich, als stünde er abseits. So mußten die Menschen sein, die den 2. November schmiedeten, so harmlos und sanft. Der Vollbart gab ihm das Aussehen des ungefährlich Würdevollen, des Menschen der Idee, des ahnungslosen Gelehrten. Nur ein achtloses Wort verriet ihn. Er sah jede Veränderung, wie Theodor, wenn er vor der Front seiner Kompanie stand. Er sprach von der »anderen Methode«, die Arbeiter zu behandeln. Vielleicht ging es in Zukunft um die Eroberung des linken Radikalismus. Die Parole war: Vorsicht; Näherkommen, nicht Herausforderung.
Geborgen vor gefährlicher Entdeckung, lag in Theodor der alte, undeutlich und behutsam geformte Wunsch, eine Brücke zu den anderen zu schlagen. Verrauscht waren die klingenden Worte des Eides, ihre Fruchtbarkeit verblaßt, ihre Drohung unwirklich. Was geschah einem Mächtigen? Unterwegs noch drohte Gefahr – ehe er bei den anderen war. Drohte sie nicht auch hier? Die anderen waren leichter zu fassen. Ehrlichkeit vermutete er bei ihnen. Hier war Selbstsucht und Sorge um Gehalt, Stellung, Weib und Kind. Dort lebten die Goldscheiders, die Gekreuzigten, die Güte predigten und Neues Testament.

Nun ist die Gefahr gering. Immer bleibt eine Tür offen; heute kann Theodor selbständige Versuche machen. Wem schuldet er Rechenschaft? Wer verdächtigt ihn? Er kann alles verantworten. Daß er Unternehmungen geheimhält, deren Erfolg im Geheimnis begründet ist, muß selbstverständlich erscheinen. Er kann es wagen.
Was war Sozialismus? Ein Wort. Man muß nicht daran glauben. Woran glaubte er heute? Drüben war er wertvoll. Die anderen breiteten die Arme aus. Er kannte die Kulissen.
In den wachen Nächten formte sich sein Plan, nahm Leben an und drängte zur Erfüllung. Theodor hatte keine Zeit mehr. Die ersten Schritte mußte er bedächtig tun.
War er ein Verräter? Er ist es nicht. Er will wirklich nur die anderen aushorchen, seine Spione beaufsichtigen. Er durfte nicht lange nachdenken. Überlegung schwächt Entschlüsse. Es war keine Zeit.
Flammender wurden täglich die Titel über den Zeitungsberichten. Schon streikten die Metallarbeiter in Sachsen. Man sprach von Zügen, die irgendwo aufgehalten worden. Doppelte Bereitschaft war in der Kaserne befohlen.

Kapitel 15 Unter den unzuverlässigen und verdächtigen Spitzeln, die Theodor abgeschafft hatte, befand sich Benjamin Lenz. Er lieferte doppelte Berichte: an Trebitsch und an Theodor. Von beiden erhielt er Geld. Seine Adresse kannte Theodor.

Benjamin Lenz, ein Jude aus Lodz, war im Krieg von einer Kundschafter- und Nachrichtenstelle als Spion verwendet worden. Sein Angesicht verriet ihn: Seine starken Backenknochen warfen Schatten gegen die Augenhöhlen, der untere Stirnrand mit den Brauen sprang vor, und so lagen die kleinen schwarzen Augen wie in Talkesseln, ringsum geschützt, und die Richtung der Blicke war schwer zu erkennen, denn sie kamen aus entfernter Tiefe. Kurz und breit war das Kinn und die Nase flach. Aber dieser Schädel, der zu einem gedrungenen Rumpf gepaßt hätte, saß auf dünnem Hals, zwischen abschüssigen, schlanken Schultern. Benjamin Lenz hatte schmale Knöchel, dünne Handgelenke, lange, nervöse Finger.

Mit der heimkehrenden Armee war er nach Deutschland gekommen, durch viele Städte gewandert. Er hatte Empfehlungen von der Armee. Polizisten, mit Bosheit gegen solche aus dem Osten geladen, zwinkerten mit verständnisvollem Auge Benjamin zu. Ihre Gunst genoß er und kassierte unbehelligt im wandernden Panoptikum, drehte den Leierkasten des Karussells, fälschte Berichte für auswärtige Missionen, stahl in Amtsstuben Papiere und Stempel, spionierte in Oberschlesien, ließ sich mit Untersuchungshäftlingen einsperren und horchte sie aus und wartete auf »seinen Tag«.

Seine Idee hieß: Benjamin Lenz. Er haßte Europa, Christentum, Juden, Monarchen, Republiken, Philosophie, Parteien, Ideale, Nationen. Er diente den Gewalten, um ihre Schwäche, ihre Bosheit, ihre Tücke, ihre Verwundbarkeit zu studieren. Er betrog sie mehr, als er ihnen nützte. Er haßte die europäische Dummheit. Seine Klugheit haßte. Er war klüger als Politiker, Journalisten und alles, was Gewalt hatte und Mittel zur Macht. Er probte seine Kraft an ihnen. Er verriet die Organisationen an die politischen Gegner; den französischen Gesandtschaften verriet er Gelogenes, Wahres durcheinander; er freute sich an dem gläubigen Gesicht des Betrogenen, der aus den falschen Tatsachen Kraft zu neuer Grausamkeit schöpfte; über das dumme Erstaunen eingebildeter Diplomaten, kindischer, zahnloser Geheimräte, bestialischer Hakenkreuzler; freute sich, daß sie ihn nicht erkannten. Er irrte sich selten. Er hatte nicht gewußt, daß Klitsche tot war und ein anderer an seiner Stelle saß. So brachte ihn ein lange erfolgreich geübtes Manöver mit den Duplikaten, die Theodor entdeckte, in Verdacht. Er verschmerzte den Fall. Er arbeitete mit falschem Material für Trebitsch. Und sogar diesen übertraf er. Er spielte den dummen, kleinen Spitzel. Aufträge ließ er sich einigemal erläutern. Verwickelte Geschäfte lehnte er ab. Er gab die Rolle eines Menschen, dessen Verstand gerade noch zur Erkenntnis seiner eigenen Beschränktheit ausreicht.
Und er wartete.
An »seinem Tag« mußte in ganz Europa der schlummernde Wahnsinn zum Ausbruch gekommen sein. Also vergrö-

ßerte er Verwirrung, steigerte Freude am Blut, Lust am Töten, verriet einen an den anderen, beide dem dritten und diesen auch. Er verdiente Geld. Aber er lebte in einem kleinen Zimmer eines schmutzigen Hotels. In geheimnisvollen Kellerlokalen aß er, mit Bettlern und Glühlampendieben. Er sparte für seinen Bruder, seine zwei Schwestern, seinen alten Vater. Der Vater war ein alter Feldscher in Lodz mit einer kleinen jüdischen Barbierstube. Die Schwestern Benjamins mußten eine Mitgift haben. Dem Bruder, der Chemie studierte, gab er den größten Teil seines Verdienstes. Dieser Bruder sollte einmal eine eigene Fabrik gründen können. Niemals kam Benjamin mit ihm zusammen. Niemals schrieb er nach Lodz an seinen Vater. Er hatte keine Zeit, Benjamin Lenz; er arbeitete für seinen Tag.

Theodor hatte ihn nicht nur wegen der Duplikate abgeschafft. Seine Klugheit roch er. Er fühlte das Judentum Benjamins; wie ein Jagdhund überall Wild wittert, so witterte Theodor Juden, wo er einer Überlegenheit begegnete.

Lenz kam eine halbe Stunde später, er ließ Theodor warten, er ließ jeden warten, der ihn brauchte. Aber Theodors Wunsch zu erfüllen weigerte er sich. Er weigerte sich immer. Theodor Lohse zu den anderen führen? Den Genossen Trattner? Sie kannten ihn, kannten das Porträt Theodors. Klaften hatte ihn noch einigemal gezeichnet: naturgetreu.

Jene Affäre Klaften hatte Theodor begraben. Er fragte, wie sie ausgefallen sei. »Überhaupt nicht«, sagte Lenz. Thimme, der junge Attentäter, war ein Polizeispitzel gewesen. Gold-

scheider lag im Krankenhaus. Klaften war ein bekannter Maler. Das Porträt Theodors hatte in der Ausstellung einen Preis bekommen. Nach einer Viertelstunde weigerte sich Benjamin Lenz nicht mehr. Las er in den Menschen? Alles könnte man ja vergessen, sagte Lenz, wenn Theodor als Freund käme. Oder scheinbar als Freund.
Sie gingen.

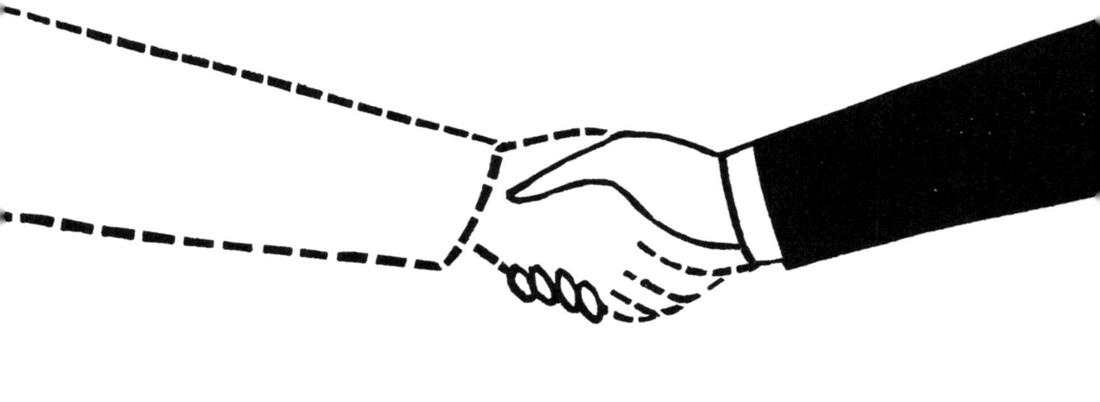

Kapitel 16 Sie saßen, drei Männer, im Café auf dem Potsdamer Platz. Zwischen ihnen flogen gleichgültige Worte. Mißtrauen würgte in ihren Hälsen, Angst lähmte ihre Zungen. An einem Nebentisch saß Benjamin Lenz. Theodor bereute. Es war zu spät. Er hatte nicht geahnt, wie schwer es ihm kommen würde. Niemand half ihm. Er sollte anfangen. Es war, als weidete man sich an seiner Qual.

Und es ist genauso wie einmal – lang war es her – in der Schule, wenn er anderes sagen soll als auswendig Gelerntes. Es war Lärm im Café, an den Nebentischen summte das Gespräch der Gäste, Tassen klirrten, und dennoch schlug ihm eine Stille entgegen, als beherrschte das Warten alle Menschen. Erst als sie durch die Straßen gingen, gewann er sich wieder. Er ging zwischen zwei kleinen, schwarzen Männern, die sich jedes Wort einprägten.

Er verstellte sich nicht. Wozu brauchte er Verstellung? Er konnte immer ableugnen; aufrichtiges Geständnis für erheucheltes ausgeben. Seine wahren Gründe klangen überzeugend.

Er erzählte von seiner Unzufriedenheit; schilderte das Mißtrauen, das ihn umgab; gestand, daß ihn Ehrgeiz trieb.

Er lüftete später, in einem Büro, Zipfel von Geheimnissen.

Es war spät, als er schied, er fuhr nach Potsdam, las ein Abendblatt. Als er aufblickte, sah er Benjamin Lenz. Er saß Theodor gegenüber.

Sie gingen durch den Potsdamer Abend, durch alte Gäßchen, die ganz unwahrscheinlich aussahen, und Benjamin führte, und Theodor wußte nicht, daß er geführt wurde. Vom

2. November sprach Benjamin Lenz, er glaubte nicht an Revolutionen. Er glaubte an ein kleines Blutbad, kaum der Sorgen wert, in Deutschland nicht selten und eigentlich jede Woche wahrscheinlich.
Vielleicht sprach er diesmal aufrichtig, Benjamin Lenz?
Es war ein wehmütiger Abend, mit violetten und gelb schimmernden Wolken, mit einem zahmen, behutsamen Abendwind, und Theodor ging durch raschelndes Laub die Straße, die zum Bahnhof führte, entlang und fühlte eine Rührung wie damals in den Feldern des Herrn von Köckwitz.
Und eine Wärme kam von Benjamin Lenz, so daß Theodor zu sprechen anfing und seine Worte nicht mehr wägte und über Trebitsch klagte und über die Undankbarkeit überhaupt. Was machte ein Mann von den Fähigkeiten Lohses bei der Reichswehr?
Was machte so ein Mann bei der Reichswehr? Es kam, ein erquickendes Echo, von Benjamin Lenz zurück. Wer hatte ihn beiseite geschoben? Es kam darauf an, es zu erfahren. Man mußte seinen Gegner kennen.
Oh, wie wußte Lenz Bescheid! Man sollte sich mit Benjamin Lenz gut verhalten.
Wieviel wußte er von Theodor allein? Alles. Ahnte er auch die Angelegenheit Klitsche? Er kannte sie. Er sagte:
»Sie können nicht umsonst Blut vergossen haben, Herr Leutnant Lohse. Andere können über Leichen gehen, der Idee wegen oder weil sie Mörder sind von Geburt. Sie aber, Herr Lohse, glauben längst nicht mehr an die Idee und sind

kein geborener Mörder. Sie sind auch kein Politiker. Sie wurden von Ihrem Beruf überfallen. Sie haben ihn sich nicht gewählt. Sie waren unzufrieden mit Ihrem Leben, Ihren Einnahmen, Ihrer sozialen Stellung. Sie hätten versuchen sollen, im Rahmen Ihrer Persönlichkeit mehr zu erlangen, niemals aber ein Leben, das Ihrer Begabung, Ihrer Konstitution zuwiderläuft.«

Nein, Theodor konnte es nicht, durfte es nicht. Klein und unbeachtet hätte er ohne Umwege auch bleiben können; wäre Hauslehrer bei Efrussi und zufrieden.

An diesem wehmütigen Abend fiel ihm Frau Efrussi ein. Die sanfte Berührung ihres Oberarmes im Auto, ihr Lächeln.

Zu ihr und ihresgleichen führte der Weg, an dessen Ende die Macht lag. Wie aufrichtig sprach Benjamin, der Spitzel. Es gibt Abende, dachte Theodor, an denen die Menschen gut werden müssen, entzaubert werden.

Da fiel ihm auch schon Günther ein, Günther, der seine Braut geliebt hatte; dieses Angesicht sah er, das violett unter den Augen schimmernde, und den enthüllten Oberkiefer unter krampfhaft emporgezogenen Lippen.

Wie pfiffen Züge sehnsüchtig durch die Nacht, der Friede kam vom blauen Himmel.

An Theodors Seite geht Benjamin Lenz, und das ist vielleicht sein Freund.

Es ist dein Waffengefährte, Theodor. Seine Schlauheit ist nützlich. Zu zweit ist man erfolgreich. Und wer anderer könnte dein Bundesgenosse sein als Lenz? Benjamin Lenz versteht Theodor Lohse.

Sie gingen den langen Weg zurück; zwischen ihnen war die gute, beschwichtigende Schweigsamkeit der Freundschaft. Sie drückten einander zum Abschied die Hand. Der Druck ihrer Hände war ein wortloses Bündnis.

Kapitel 17 **Seit jenem Abend kam Benjamin Lenz täglich ins Berliner Büro in der Potsdamer Kaserne. Wieviel Gewehre hatte Theodor an seinen Bismarck-Bund verteilt? Ob Marinellis Flucht schon vorbereitet war? Wie oft gingen die Kuriere von Leipzig nach München?**

Alles wußte Benjamin; wußte mehr, als man ihm sagte. Dafür brachte er Theodor zu den anderen. Bekannte Gesichter aus München glaubte Theodor wiederzufinden: den Invaliden Klatko aus den oberschlesischen Abstimmungskämpfen, den Deserteur Conti aus Triest, den Vizefeldwebel Fritsche aus Breslau, den gewesenen Polizeiwachtmeister Glawacki, den Buchbinder Falbe aus Schleswig-Holstein.

Eine Woche lang ging er in die Versammlungen. Sah die verräucherten, schlecht beleuchteten Lokale, tiefe, wie aus Gräbern kommende, heisere, rasselnde, das tausendfache Rufen der Zuhörer, stand hart neben ihnen, roch ihren Schweiß und ihre Armut, sah in flackernde Pupillen, sah dürre Gesichter auf knochigen Hälsen, eckige Fäuste an dünnen, wie ausgesogenen Handgelenken; sah Schnurrbärte, willkürlich gekämmte über zahnlosen Mündern, zwischen geöffneten Lippen schwarze Zahnlücken, Bandagen, von Jodoform durchtränkte, über entblößten Armen. Sah Frauen mit spärlichem, straffgekämmtem wasserblondem Haar, die Armseligkeit der Trägerin, ihren gedörrten Hals, sah durchsichtige, dünne gelbliche Haut, in schlaffen Fetzen hängende. Sah Mütter mit großköpfigen Kindern an welkender Brust, sah Jünglinge mit verwegenen Locken über mutigen Stirnen, dennoch schon von Arbeit und Krank-

heit gezeichnete, mit unnatürlich großen Augenhöhlen; sah junge Mädchen in derben Schuhen, mit bleichen Gesichtern, männersuchenden Augen, gefärbten Lippen, hörte ihre hemmungslos kreischenden Stimmen. Er sah sie trinken, roch den Schnaps, verstand den Dialekt nicht, lächelte ein leeres Lächeln, wenn jemand an ihn stieß. Fremd waren ihm die Menschen, fremde Gesichter trugen sie, nicht von seiner Welt waren sie, nicht von dieser Welt. Er bedauerte sie nicht, er sah, daß sie leiden mußten, aber welcher Art ihr Leid war, konnte er sich nicht vorstellen. Den einzelnen hätte er vielleicht verstanden, in der Menge aber gab es keine Kontur, keinen bleibenden Punkt. Alles schwankte und schwamm. Wie sie liebten, wußte er nicht, und nicht, wie sie weinten. Er sah, wie sie aßen, Brot, das in den Rocktaschen lag, rissen sie mit Daumen und Zeigefinger heraus, zerpflückten es gleichsam und stopften es mit vorgehaltener Hand in den lechzenden Mund. Aber wie waren ihre Zungen beschaffen, ihre Gaumen? Wie schmeckten sie? Manchmal, wenn sie jubelten, war es eine Drohung, und nicht anders klang ein Zuruf der Erbitterung.

Er liebte sie nicht. Er fürchtete sich vor ihnen, Theodor Lohse. Seine eigene Furcht haßte er. »Herr Leutnant Lohse«, sagte Benjamin Lenz, »das ist das deutsche Volk, für das Sie zu arbeiten glauben. Die Offiziere in den Kasinos sind nicht das Volk.« Und Benjamin Lenz freute sich. So war es in Europa, wo man nicht sprach, was man tat, und umgekehrt. Wo einer Offiziere und Studenten für das Volk hielt. Europa, in dem es Nationen gibt, die keine Völker sind.

Und dann begab sich Benjamin Lenz zu Trebitsch und erzählte von Theodor Lohses Entwicklung und Verrat. Er hatte selbst längst schon verraten, was er durch Theodor erfahren, der Benjamin Lenz. Und Trebitsch warnte er: Noch einige Tage und Lohse verrät Waffenlager, Marinellis Befreiung, Beziehungen der Reichswehr; Gewehre des Bismarck-Bundes.

Benjamin Lenz war sehr froh. An diesem Abend legte er Geldscheine in einen Umschlag und schickte sie seinem Bruder.

Kapitel 18 Wie liebte er diese Zeit, Benjamin Lenz, diese Menschen. Wie wuchs er unter ihnen, gedieh, sammelte Macht, sammelte Geheimnisse, sammelte Geld, sammelte Freuden, sammelte Haß. Sein lauerndes Auge trank das Blut Europas, sein halbhöriges Ohr den Klang der Waffen, den scharfen Knall der Schüsse, das Heulen der Gewalt, das letzte Gestöhn der Sterbenden und die rauschende Schweigsamkeit der Toten.

Rings um Benjamin verkümmerten die Wachsenden und wurden nicht reif; haßten die Gereiften einander; verdorrten die Guten und die Güte; vertrockneten die Säuglinge; Greise wurden in den Straßen zertreten; Frauen verkauften ihre kranken Leiber; Bettler protzten mit ihrem Gebrest, Reiche mit ihren Banknoten; geschminkte Jünglinge ver-

dienten auf der Straße; Arbeiter schlichen mit krankem Schattenschritt zur Arbeit wie längst Gestorbene, die den Fluch ihres irdischen Tagewerkes weiterschleppen müssen, andere betranken sich, heulten wahnsinnigen Jubel in den Straßen, letzte Jauchzer vor dem Untergang; Diebe legten ihre schleichende Sorgfalt ab und paradierten mit der Beute; Räuber hatten ihre Winkel verlassen und verrichteten ihr Werk im Sonnenschein; brach einer nieder auf hartem Pflaster, raubte ihm der andere den Rock im Weitergehen; Krankheit wälzte sich durch die Häuser der Armen, über staubige Höfe, lag in den lichtarmen Stuben, drang durch die Haut; Geld rann durch die Finger der Satten, ihrer

war die Macht; Furcht vor den Hungrigen nährte ihre Grausamkeit; Fruchtbarkeit ihrer Güter blähte ihren Stolz; sie tranken Champagner in lichterfüllten Palästen; sie ratterten in Automobilen vom Geschäft zur Freude, von der Freude zum Geschäft; Fußgänger starben unter den Rädern; rasende Chauffeure flitzten weiter; die Totengräber streikten; die Metallarbeiter streikten; vor den Nahrungsmitteln hinter glänzenden Spiegelscheiben reckten sich ausgedörrte Hälse, flackerten Augen, aus den Höhlen getretene; kraftlose Fäuste ballten sich in zerrissenen Taschen.
In den Parlamenten redeten oberflächliche Menschen. Minister gaben sich ihren Beamten preis und waren ihre Ge-

fangenen. Staatsanwälte exerzierten in Sturmtrupps. Richter sprengten Versammlungen. Nationale Wanderredner hausierten mit tönenden Phrasen. Listige Juden zahlten Geld. Arme Juden erlitten Prügel. Geistliche predigten Mord. Priester schwangen Knüppel. Katholiken waren verdächtig. Parteien verloren Anhänger. Fremde Sprachen waren verhaßt.

Fremde Menschen wurden bespien. Treue Hunde wurden geschlachtet. Droschkengäule gegessen. Beamte saßen hinter Schaltern, hinter Gittern, unerreichbar, geschützt vor der Wut, lächelten und befahlen. Lehrer prügelten aus Hunger und Wut. Zeitungen erlogen Greuel der Feinde. Offiziere wetzten Säbel. Gymnasiasten schossen. Studenten schossen. Polizisten schossen. Die kleinen Knaben schossen. Es war eine schießende Nation.

Und Benjamin lebte unter verzerrten Gesichtern, verrenkten Gliedmaßen, gekrümmten Rücken, geprügelten Rükken, geballten Fäusten, rauchenden Pistolen, geschändeten Müttern, aussätzigen Bettlern, betrunkenen Patrioten, schäumenden Bierkrügen, klirrenden Sporen, zerschossenen Arbeitern, verbluteten Leichen, offenen Gräbern, verschütteten Mordgruben, erbrochenen Kassen, eisernen Knüppeln, scheppernden Schwertern, klingenden Orden, paradierenden Generalen, blitzenden Helmen.

Oh, wie liebte sie Benjamin Lenz! Wie durfte er sie hassen und ihren Haß nähren und großzüchten! Er sah den grausamen Lebendigen und roch den Moder voraus. Benjamin wartet, sie werden ihm anheimfallen. Sie werden einander zerfleischen, er wird es erleben. Wie liebte Benjamin Theodor, den gehaßten Europäer, Theodor: den feigen und grausamen, plumpen und tückischen, ehrgeizigen und unzulänglichen, geldgierigen und leichtsinnigen, den Klassenmenschen, den gottlosen, hochmütigen und sklavischen, getretenen, strebenden Theodor Lohse! Es war der europäische junge Mann: national und selbstsüchtig, ohne Glauben, ohne Treue, blutdürstig und beschränkt. Es war das junge Europa.

Kapitel 19 Am 20. Oktober, um 11 Uhr nachts, wurde Marinelli befreit. Er floh in bereitgehaltenem Auto nach Berlin, er fuhr nach Potsdam, der Chauffeur hatte Befehl, ihn zu Theodor Lohse in die Kaserne zu bringen. Theodor erwartete ihn. Marinelli wurde am Morgen in Uniform gesteckt, er verblieb in der Kaserne. Am 21. Oktober kam Benjamin Lenz und begrüßte Marinelli; dann nahm er Theodor mit zum Russen Rastschuk, der ein Bankbeamter war.

Theodor sprach gern mit Rastschuk. Likör tranken sie. Rastschuk war so groß, so stark, daß er die kleine, dunkle Likörstube erfüllte. Er sprach sehr leise, und man hörte ihn dennoch. Wenn er sein Auge auf den Kellner warf, kehrte der um, als wäre er gerufen worden. Ganz großartig war Rastschuk.

Benjamin Lenz erzählte ihm von Marinellis Befreiung und Flucht und Aufenthalt in der Kaserne. Es war Theodor sehr peinlich, und es wurde ihm heiß, weil Benjamin seine Erzählung immer unterbrach und Theodor zum Zeugen für die Richtigkeit seiner Worte anrief. »Nicht, Herr Lohse?« fragte Benjamin, und Theodor schwieg.

Was wußte er überhaupt von Rastschuk? Daß er ein Weißgardist gewesen und für den Sturz der Bolschewiki arbeitete. So sagte Lenz. So sagte Rastschuk selbst. Aber Theodor glaubt es nicht. Gleichgültig war alles, zu spät kamen die Bedenken. Theodor ging mit Benjamin Lenz. Das ist sein Bundesgenosse.

Benjamin hat einen Plan entworfen. Theodor Lohse erfährt von den anderen die Vorbereitungen für den 2. November.

Dann berichtet er der Organisation. Aber er stellt Bedingungen: Was erhält Theodor Lohse für seinen wertvollen Bericht? Er muß nach dem gelungenen 2. November eine führende, weithin sichtbare Stellung einnehmen. Er ist heute eine Gefahr, Theodor Lohse. Zwei Wochen trennen ihn vom 2. November.
Um die anderen zutraulich zu machen, liefert er ihnen Geheimbefehle aus.
Es kommen Befehle an Theodor Lohse. Briefe von Münchner Freunden, in denen gleichgültige Sätze stehen: Alfred holt am 2. Paul ab. Aber dieser Satz bedeutet: Die Berliner Polizei holt die Reichswehr zu Hilfe. Oder: Unser alter Freund hat sich mit Viktoria verlobt. Und das heißt: Der Reichswehrminister ist mit den Organisationen einverstanden. Und: Martin fährt für eine Woche zu den Kindern. Also fuhr Marinelli zum Bismarck-Bund, mit Grüßen von Theodor und dem Befehl, die jungen Leute für den 2. November in der Universität bereitzuhalten.
Diese Briefe bekam Lenz. Er trug sie zu Rastschuk.
Dafür erfährt Theodor, daß sächsische Ordnerwehren nach Berlin kommen. Daß in Potsdam nichts geplant werde. Daß den kommunistischen Arbeitern in Berlin hundertzweiundfünfzig Polizisten ergeben sind.
Das berichtet Theodor nach München an seinen Freund Seyfarth. Er schreibt:
»Ich könnte Dir viele Neuigkeiten erzählen, wenn wir uns sähen. Ich habe keine Geduld zu schreiben. Ich bin beschäftigt.«

Also fährt Student Kamm nach Berlin.
»Ich schicke Dir den jungen Kamm«, schreibt Seyfarth. »Zeig ihm Berlin, er ist zum erstenmal dort.«
Theodor, Kamm und Benjamin Lenz gingen durch Berlin. Kamm hatte Geld, und sie gaben es aus. Sie tranken im Tanzpalast und in der Kaiser-Wilhelm-Diele, und Theodor traf dort seine alten Freunde, und es gab ein großes Fest.

Man sperrte die Cafés, die Dielen, die Tanzpaläste, sie ließen sich von flüsternden Männern an den Straßenecken in Spielklubs fahren, spät war es, in dem raucherfüllten Zimmer merkte man nichts, hörte man nur das klatschende Geräusch der Karten, das kurze Gelächter der Menschen, das Rascheln der Banknoten, das Klirren eines Tellers.

Theodor, Kamm und Benjamin saßen in Fauteuils, abseits vom Spieltisch. Jetzt hatte Kamm kein Geld mehr. Er besorgte sich Reisegeld bei Benjamin.

Er bekam nur so viel, daß er gerade noch die dritte Klasse des Schnellzugs benützen konnte.

»Man soll bescheiden sein!« sagte Lenz.

Dann besprachen sie Einzelheiten.

Lenz verlangte nach dem 2. November »großzügige Reklame« für Theodor Lohse. Alle nationalen Blätter sollten ihn nennen. Sie müßten ihm das Verdienst zuschanzen, die Stadt gerettet zu haben, das Vaterland. Andererseits hätte Theodor noch Mittel, sich sehr viel anderswo zu holen.

»Man kann sie ja vorher umbringen – beide!« sagte Kamm und putzte seine Nägel mit einem Stückchen Rehleder.

»Man sollte es versuchen!« spottete Lenz.

Er nahm den Aufmarschplan der sächsischen Ordner aus der Tasche.

Lenz und Theodor geleiteten Kamm zur Bahn.

Kamm stand am Fenster und winkte.

»Gruß an Seyfarth!«

»Vergessen Sie Paul nicht!« sagte Kamm.

Dann schied Lenz. Er zwängte sich durch die eilenden Scharen der Büromädchen. Er stieß an geschminkte Frauen, die verloren dastanden.
Es war, als hätte die Nacht sie vergessen.
Und Benjamin Lenz ging zu Rastschuk. Man änderte den Aufmarschplan in Eile. Lenz hatte Kamm das Original gegeben.
»Man muß ehrlich arbeiten!« sagte Benjamin Lenz.

Kapitel 20 Einige Tage vor dem 2. November verschwand Dr. Trebitsch.

Sein Onkel Artur war aus New York angekommen. Er besaß ein Schiffskartenbüro. Er sagte »well« und schob die Unterlippe vor. Er trug sein Geld in der Hosentasche, viel Geld, deutsches Geld. Für Dollars hatte er ein Scheckbuch.

Er stammte aus Österreich und war vor einer Assentkommission geflüchtet. Das war dreißig Jahre her. Jetzt hatte Artur keine Haare mehr.

Er hatte Söhne und Töchter. Die Söhne hatten in der amerikanischen Armee gedient. Es waren tapfere Söhne, sie gaben dem Militär, was ihm der Vater durch die Flucht vor der Assentkommission entzogen hatte.

Er war Witwer, der Onkel Trebitschs. Zum erstenmal nach zwanzig Jahren kam er wieder nach Europa. Er hieß Trewith.

Er erschrak vor dem Bart seines Neffen. Er lachte viel und laut und schlief jede Nacht mit zwei Mädchen.

Er fragte den Dr. Trebitsch, ob er nicht nach Amerika wolle. Was sollte ein Mensch in Europa? Es stank und faulte. Es war ein Leichnam.

Dr. Trebitsch sagte: »Ja!« Der Onkel kabelte nach New York. Er ging zum amerikanischen Konsul. Er zog die Hand aus der Hosentasche und benahm sich auch sonst höflich.

Plötzlich liebte er seinen Neffen sehr. Artur Trewith weinte gerührt, weil dieser kleine Junge, den er selbst noch in der Wiege gesehen hatte, jetzt einen langen, rotblonden, wallenden Bart trug, wie ein Prediger.

So etwas konnte sich ereignen!
Der Bruder Adolf war tot. Die Schwägerin war tot. Weit und breit fand man in Europa nur einen blutsverwandten Menschen, und der trug einen langen Bart! Es war rührend.
Der Onkel Trewith blieb und wartete auf seinen Neffen.
Dr. Trebitsch telegraphierte um Geld nach München. Dann ging er zu Major Pauli. Dann zählte er den Bestand seiner Kasse.
Jeden Tag liefen Schecks ein. Trebitsch telephonierte an alle, die für die Technische Nothilfe gezeichnet hatten. Auch Efrussi schickte seinen Beitrag. Ein Großunternehmerverband gab einen Vorschuß aus Furcht vor dem 2. November.
Trebitsch vergaß niemanden.
Er ging in die Redaktion der »Deutschen Zeitung«. Sie hatte für ein verunglücktes Mitglied der Technischen Nothilfe gesammelt. Die Spenden holte Trebitsch ab.
Er vergaß niemanden.
Einen Tag vor seiner Abreise ließ er sich den Bart scheren.
Mit einem glatten Knabengesicht überraschte er seinen Onkel im Hotel. Der Onkel Trewith weinte vor Freude.
Dann schrieb Trebitsch einen einzigen Abschiedsbrief an Paula vom Amt für Landesverteidigung.
»Du wirst mich nie mehr sehn!« schrieb Trebitsch.
Und Paula lief zu Trebitsch: Die Post hatte ihr den Brief noch vor dem Büro gebracht. Die Wohnung war verschlossen.
Als sie hinunterging, begegnete ihr auf der Treppe ein jun-

ger Mann mit einem Kindergesicht, der sie nicht beachtete, obwohl sie einen zitronengelben, auffallenden Hut hatte. Das ärgerte Paula. Aber größer war ihr Kummer um den Dr. Trebitsch. So ging sie weiter, sah draußen ein Automobil, in dem ein alter Amerikaner saß und eine Zigarre rauchte. Theodor kam zweimal, er fand Trebitschs Wohnung versperrt. Theodor kam einen Tag später mit Benjamin Lenz. Lenz brachte einen Haken, leicht ging die Tür auf, sie war nicht verschlossen.

Sie fanden die Schränke offen. Die Schubläden offen. Einen umgeworfenen Stuhl. Alte Kleider. Schmutzige Wäsche.

Sie telephonierten zu Major Pauli: Er wußte nichts. Nur, daß Trebitsch Geld genommen hatte.

Sie fragten beim Verlag der »Deutschen Zeitung« an. Man wußte nichts. Nur, daß Trebitsch Geld geholt hatte.

Da setzte sich Lenz auf das Sofa und dachte nach.

»Er ist geflohen, Lohse!« sagte Benjamin.

Um neun Uhr morgens fiel die Brücke im Hamburger Hafen. Dr. Trebitsch stand an Bord der »Deutschland«.

Sein Onkel Trewith lief noch einmal hinunter, erblickte ein Mädchen unter den Zuschauern, wie schön, daß sie gekommen war. Gestern hatte sie es ihm versprochen. Er küßte sie laut. Alle sahen zu.
Dann lief er zurück, die Glocke läutete.
Er lief, so daß seine glatten, starken Backen wackelten.
Er stand und winkte mit einem großen Taschentuch. Der Dr. Trebitsch winkte auch.

Kapitel 21 Viele kannte Benjamin: den Journalisten Pisk; den Filmagenten Brandler; den Statisten Neumann; den Schwarzkünstler Angelli; den Reiseschriftsteller Bertuch.
Der Journalist Pisk war ein wertvoller Mann. Er schrieb für jüdische Blätter. Bilder aus der Gesellschaft. Aus der alten und aus der neuen Gesellschaft. Wenn eine Prinzessin starb, schrieb er.
Aber über den Kapitän Ehrhardt schrieb er auch. Er schrieb den Werdegang Noskes. Er schrieb die Vergangenheit Ludendorffs. Er schrieb die Kadettengeschichten Hindenburgs. Er schrieb über Krupp. Er schrieb über Stinnes' Töchter und Söhne.
Er schrieb über Theodor Lohse, weshalb sollte man über Theodor Lohse nicht schreiben? »Er ist der Mann der Zukunft!« sagte Benjamin Lenz.
Pisk hatte ein abstehendes Ohr. Er trug seinen breitrandigen Hut schief, so daß die Krempe sein Ohr beschattete. Und er trug den Hut im Café auch, er wollte nicht durch sein Ohr auffallen. So konnte niemand sagen, er hätte einen Schönheitsfehler. Man sagte höchstens, er könne sich nicht benehmen. Aber das sagte man ohnehin.
Aber wenn er mit Theodor Lohse in der Likörstube saß, hatte er doch den Hut abgelegt. Das bedeutete eine Ergebenheit, die sich nicht scheut, Opfer zu bringen.
Und Benjamin schließt daraus, daß Pisk sehr viel über Theodor zu schreiben gesonnen ist.
Es stehen in der »Morgenzeitung« Aufsätze über »Männer der Revolution«. Und es wird in der »Morgenzeitung« erzählt,

daß Theodor Lohse es gewesen ist, der in einer entscheidenden Nacht den Reichstag vor der Demolierung durch Spartakus gerettet hat.
Man spricht im Kasino über den Artikel im jüdischen Blatt. Es bitten die »jungen Leute« am unteren Tischrand, Theodor möge die Geschichte erzählen. Nein, Theodor Lohse erzählt nicht gern von sich selbst. Er sagt: »Nicht der Rede wert!«
Und obwohl sogar der Oberst ihn ansieht und gleichsam eine Pause im Essen eintritt und des Obersten Wangentaschen nicht mehr zittern und des Obersten Augen auf Theo-

dor gerichtet sind, erzählt er nicht. »Ein anderes Mal! Bei Gelegenheit«, sagt Theodor Lohse.
Gelegentlich hat Pisk seine Brieftasche vergessen. »Zahlen!« ruft Benjamin Lenz. Und wenn der Kellner beim Tisch steht, erwartend und leicht vorgeneigt, muß Theodor zahlen. Denn er ist in Uniform.
Manchmal sagt Pisk: »Nehmen wir ein Automobil!« Pisk gibt dem Chauffeur das Ziel an. Unterwegs steigt er aus, und Theodor Lohse fährt weiter.
Manchmal hat Pisk auch noch andere Bedürfnisse. Und Benjamin Lenz hat auch Bedürfnisse.
Nun hat Theodor auch die Vertretung Trebitschs übernommen. Er braucht nur dreimal in der Woche auszurücken.
Auch der Oberst weiß, daß Theodor in Berlin zu tun hat. In unregelmäßigen, aber häufigen Abständen flackert der Name Theodor Lohse in Berichten und Artikeln auf.
In jüdischen Zeitungen, die Revolution nicht lieben.
Pisk aber liebt Männer der Revolution. Er lebt von ihnen. Er trägt seit einigen Tagen ein Monokel und in der Brieftasche einen Ausweis vom Bund landwirtschaftlicher Eleven. Er ist so gegen Straßenkämpfe und Überfälle gerüstet.
Auch Benjamin Lenz trägt ein Monokel. Man sieht die Nähe des 2. Novembers.

TEL
BAR

Kapitel 22 Die Nacht vor dem 2. November verbrachte Theodor mit Kameraden in einem Nachtlokal. Man hielt verschieden gefärbte Mädchen auf den Knien. Es galt, vom Leben Abschied zu nehmen. Das sagten die Offiziere den Mädchen. Der Gedanke an einen frühen Tod machte alle Mädchen wehmütig. Die Musik spielte »Die Wacht am Rhein«. Ein Gast saß da. Zwei Offiziere zerrten ihn in die Höhe. Er war dick und schwer und betrunken. Sie hielten ihn an den Schultern. Dann ließen sie ihn fallen. Er fiel unter den Tisch und blieb sitzen. Er spielte mit dem Sektkübel.
Der Morgen brach grau an. Es regnete. Theodor wartete am Bahnhof auf seine Kompanie. Sie sollte um acht Uhr in der Stadt gestellt sein. Es war ein Sonntag. Die Stadt sah schläfrig aus. Es regnete.
Um neun Uhr demonstrierten Arbeiter Unter den Linden. Die nationalen Jugendgruppen in Charlottenburg. Zwischen beiden waren Straßen, Häuser, Polizei. Dennoch wartete die Stadt auf einen Zusammenstoß.
Um neun Uhr regnete es immer noch. Die Arbeiter gingen mitten im grauen Regen. Grau waren sie wie er. Unendlich waren sie wie er. Aus grauen Quartieren kamen sie wie er aus grauen Wolken. Sie waren wie ein Herbstregen. Unaufhörlich, unerbittlich, leise. Wehmut verbreiteten sie. Sie kamen, die Bäcker mit den blutlosen Gesichtern, die wie aus Teig waren, ohne Muskel und Kraft; die Menschen von der Drehbank mit den harten Händen und den schiefen Schultern; die Glasbläser, die nicht älter werden sollten als dreißig Jahre: kostbarer, tödlicher, glitzernder Glasstaub stach

in ihren Lungen. Es kamen die Bürstenbinder mit den tiefen Augenhöhlen, den Staub der Borsten und Haare in den Poren der Haut. Es kamen die jungen Arbeiterinnen, von der Arbeit gezeichnet, mit jungen Bewegungen, verbrauchten Gesichtern. Es gingen die Tischler. Sie rochen nach Holz und Hobelspänen. Und die riesenhaften Möbelpacker, groß und überwältigend wie eichene Schränke. Es kamen die schweren Arbeiter aus den Brauereien, sie stampften wie große Baumstämme, die gehen gelernt haben; die Graveure kamen, in den Falten ihrer Gesichter den kaum sichtbaren Metallstaub; die Zeitungssetzer, die übernächtigten, die zehn Jahre und länger nicht eine ganze Nacht geschlafen hatten; sie haben gerötete Augen und blasse Wangen und sind nicht vertraut mit dem Licht des Tages. Es kommen die Pflasterer, die Straße tretend, die sie selbst gebaut haben, dennoch fremd in ihr und betäubt von ihrem Glanz, ihrer Weite, ihrer Herrschaftlichkeit; es folgen Motorführer und Eisenbahner. Noch rollen in ihrem Bewußtsein schwarze Züge, wechseln Signale ihre Farben, schrillen Pfeifen, schlagen erzene Glocken.

Aber ihnen entgegen marschieren, Sonne auf jungen Gesichtern und Gesang im Herzen, Studenten mit bunten Mützen und goldgesäumten Fahnen, gut genährt und glatt-

wangig, Knüppel in den Händen, Pistolen in den weit abstehenden Hosentaschen, ihre Väter sind Studienräte, ihre Brüder Richter und Offiziere, ihre Vettern Polizeikommissare, ihre Schwäger Fabrikanten, ihre Freunde Minister. Ihrer ist die Macht, sie dürfen schlagen, wer straft sie dafür?
Der Zug der Arbeiter singt die Internationale. Sie singen falsch, die Arbeiter, aus vertrockneten Kehlen. Sie singen falsch, aber mit rührender Kraft. Es singt eine Kraft, die weint, eine schluchzende Gewalt.
Anders singen die jungen Studenten. Aus gepflegten Kehlen tönende Gesänge, volle runde Klänge, siegreiche Lieder, blutige Lieder, satte Lieder, ohne Bruch, ohne Qual, kein Schluchzen ist in ihren Kehlen, nur Jubel, nur Jubel.
Ein Schuß knallt.
In diesem Augenblick sprengen Polizisten zu Pferd, blanke Säbel schwingend, aus den Querstraßen, Polizei zu Fuß sperrt hinter ihnen die Straßen, Pferde stürzen, Reiter schwanken, aufgerissen ist das Pflaster, gierige Finger wühlen darin, Steine hageln gegen die trennenden Wände der Polizei. Es wollen zwei Gewalten zueinander, die Masse der Mächtigen gegen die Masse der Machtlosen, zersprengt sind die Ketten der Polizei, es dringt der Hunger

gegen die Sattheit vor, über das Rauschen der Menschen erhebt sich Gesang anderer, nachfolgender, noch singen jene, schon bluten diese, manchmal zerreißt ein Knall Geräusch und Gesang, dann ist es für den Bruchteil einer Sekunde still geworden, und man hört den herbstlichen Regen säuseln, und man hört sein Trommeln an Dächer und Fensterscheiben, und es ist, als fiele er in eine friedliche Welt, die sich anschickt, in Winterschlaf zu sinken.

Aber dann wehklagt wie ein verwundetes Tier eine Autohupe, verzweifelt klingen von fern her Straßenbahnen, Pfeifen schrillen, Trompeten weinen wie Kinder. Ein Hund heult auf, zertreten, mit menschlichem Ruf, menschlich geworden in der Stunde seines elenden Todes, Ketten und Türbalken rasseln, und noch ein Schuß knallt.

Aus der Universität kommt Marinelli mit fünfzig jungen Leuten, die Karabiner tragen, den Studenten als Verstärkung, Feuerwehr rückt an. Die Spritzen schießen kalte Wasserstrahlen. Sie fallen mit schmerzhafter, zischender Wut auf die Menschen. Für ein paar Augenblicke zerstreut sich die Menge. Dann rotten sich die Menschen wieder. Kleine Knäuel schwellen an. Gruppen schließen sich zusammen. Ein Schuß traf den Schlauch. Auf dem Pflaster liegen die Helme der Feuerwehr. Der Schlauch ist zerrissen.

Polizei rattert in Lastautomobilen. Das Pflaster dröhnt. Die Scheiben zittern. Schon sind sie heruntergezerrt, zertreten, blutend, zersprengt, entwaffnet. Arbeiter zerbrechen Karabiner über dem Knie. Frauen schwingen Säbel, Pistolen, Gewehre.

Aus den grauen Vierteln des Nordens strömen neue Scharen, Hausgeräte tragen sie, Schürhaken, Spaten, Axt und Schaufel. Hoch oben tackt ein Maschinengewehr. Einer hat den Schrei ausgestoßen. Schon sind tausend zur Flucht gewendet. Tausend Hände ziellos weisend erhoben. Von allen Dächern starren Läufe. Von allen Dächern tackt es. Hinter jedem Mauervorsprung hocken grüne Uniformen. An allen Fenstern glotzen schwarze Mündungen.
Jemand ruft: »Soldaten!«
Es hallt der Trott genagelter Stiefel auf dem Asphalt. Besetzt sind die Häuser. Die Fenster Schießscharten. Pferde wiehern herrenlos in Hausfluren, Kommandorufe knallen. Rüstungen rasseln.
Theodor wartet am Alexanderplatz. Seine Kompanie wartet. Er drückt sich an ein geschlossenes Haustor. Seine Kompanie hockt auf dem Bürgersteig.
Ein berittener Polizist meldet ihm Sturm auf Rathaus und Polizei. Theodor marschiert ab.
Es wird ein harter Kampf sein. Er wird fallen. Er möchte weinen. An der Spitze marschiert er. Der gleichmäßige Schritt seiner Leute erfüllt sein Ohr. Jetzt wird er sterben. Noch fühlt er den lieblichen Druck eines weichen Frauenkörpers von gestern nacht.
Um Rathaus und Polizei kämpft eine Arbeiterwehr. Ihr Anführer ist ein Mann mit wehendem Haar, mit einem Knotenstock in der Faust. Jetzt reißt er einem Arbeiter das Gewehr aus der Hand und legt an. Theodor wirft sich zu Boden. In eine Kotlache fällt er. Schmutziges Wasser spritzt auf. Er

schießt liegend, aufs Geratewohl. Seine Leute rennen vor. Er sieht nichts mehr, vor sich nur die Schwelle des Trottoirs, darüber die Fläche eines quadratischen Steines. Eine Detonation erschreckt ihn. Menschenknochen wirbeln durch die Luft. Ein Beinstumpf fällt blutend aus der Höhe. Ein Stiefel mit einem Fuß darin.
Es brennt. Man riecht den Brand. Sieht eine Rauchwolke, gegen den Regen kämpfend, aufsteigen. Theodor springt auf. Rennt. Es brennt im Judenviertel. Hausgeräte fliegen aus Fenstern schmutziger Häuser. Menschen fliegen mit. Eine Jüdin keucht unter der Last eines Soldaten. Sie liegt quer über dem Bürgersteig. Eine alte Dame hinkt über die Straße. Lächerlich ihre Hast. Allzu gering ihrer lahmen Füße Kraft. Sie hat das Gesicht einer Laufenden. Und ihre Bewegung ist schleppend. Kinder kriechen im Schlamm. Sie tragen gelbe Hemdchen, Blut sammelt sich an den Rändern. Fließt weiter mit dem Regenwasser. Mit Pferdekot, Flaum-

federn, Strohhalmen. Fließt den gierig trinkenden Kanalgittern zu.
Weißbärtige Männer eilen mit wehenden Rockschößen. Jemand umklammert Theodors Knie. Gnade, winselt ein Mensch. Theodor schlenkert mit dem Fuß. Der Flehende fliegt in einen Blutbach. Rot spritzt auf. Flammen züngeln aus Fenstern. Rauch bricht aus berstenden Dächern. Männer mit Eisenstangen rufen:
»Schlagt die Juden!«
Alle schlagen, alle werden geschlagen. Theodor zwischen allen steht. Er sieht im Schlamm einen Kopf. Ein sterbendes Angesicht. Das Angesicht Günthers. Theodor starrte darauf. Erhielt plötzlich einen schweren Schlag auf den Kopf. Blut rann über seine Schläfe. Rote Räder kreisten. Er taumelte. Er sah den Anführer. Sein wehendes Haar. Den fliegenden Stock. Theodor riß die Pistole heraus. Der Mann sprang seitwärts. Er schwang seinen Stock. Theodor sah

sein weißes Angesicht. Noch hat er den Hahn nicht abgedrückt. Schon fliegt ihm die Waffe aus der schmerzhaft getroffenen Hand. Nahe an ihn tritt der Mann. Er sieht das Weiße der feindlichen Augen. Der Mann schreit. »Du hast Günther getötet!«

Theodor flieht. Hinter sich hört er den heißen Atem seines Verfolgers. Auf den Schultern lastet der Hauch des feindlichen Mundes. Hinter sich hört er des Feindes eiligen Schritt. Auf lautlosen Sohlen läuft Theodor. Er läuft durch stille, ausgebrannte, gestorbene Straßen. Er läuft durch eine fremde Welt. Er läuft durch einen langen Traum. Er hört Schüsse, Trommeln, Wehgeschrei. Alle Geräusche sind in die Schicht eines weichen, dämpfenden Stoffes gebettet. Da kommt eine Biegung! Ist drüben die Rettung? Verdoppelt die Hast! Verstärkt den Galopp, beflügelt den Fuß! Jetzt sieht er zurück. Kein Verfolger ist hinter ihm. Er fällt auf eine Schwelle. Vor ihm liegt ein verlorenes Gewehr. Er hebt es auf. Er rennt weiter. Die Toten leben! Er haßt die Toten. Er gerät zwischen Soldaten. Jetzt erkennt er seine Leute. Fröhlicher Zuruf begrüßt ihn. Den Gewehrkolben stößt er gegen Leichen. Er schmettert die Waffe gegen tote Schädel. Sie bersten. Verwundete tritt er mit den Absätzen. Er tritt die Gesichter, die Bäuche, die schlaff hängenden Hände. Er nimmt Rache an den Toten, sie wollen nicht sterben.

Es wurde Abend. Feuchte Finsternis hockte in den Straßen. Es ist ein Sieg der Ordnung.

Kapitel 23 Es war ein Sieg der Ordnung. Man stürzte zwei Minister. Sie wußten zu viel von den geheimen Organisationen. Man ernannte zwei neue. Sie wußten mehr. Aber es waren Freunde. Sie gehörten der Demokratischen Partei an. So schienen sie demokratisch. Aber sie waren Ehrenmitglieder des Bismarck-Bundes. Und sie standen in Verbindung mit München. Und sie hatten Angst vor den Arbeitern.

»Vereiteln« war der technische Ausdruck für folgende Vorgänge: Spitzel drangen in Sekretariate und Parteibüros, die jeder kannte, und der Polizeibericht meldete eine »Aushebung geheimer Nester«. Spitzel stürzten sich auf einen Versammlungsredner, der harmlos war und ohne Bedeutung, und die Zeitungen schrieben, ein längst gesuchter bolschewikischer Spion sei endlich ergriffen worden. Seinen Namen kannte man, aber die Zeitungen teilten mit, den eigentlichen Namen des Verhafteten werde man schwerlich erfahren. Spitzel arrangierten Razzien in Arbeitervierteln, auf breite, schütternde Lastautos lud man zwei- und dreihundert. Die fremde Staatsbürger waren, das heißt aus den abgetrennten Gebieten Deutschlands stammten, wurden auf dem Flugzeugplatz einquartiert, in Baracken, von Gendarmen bewacht und in Transporte eingeteilt, die nach den Grenzen gingen. In den Baracken lebten Tausende aus dem ganzen Reiche mit Kindern, Frauen, Großmüttern. Schmutz brachte Krankheiten. Krankheiten verursachten ein großes Sterben. Täglich starben einige, ehe der Transport zusammengestellt war. Durch jüdische Viertel schlichen Konfidenten, betrunkene Menschen, die von jedem Emigranten Geld forderten. Sie bekamen es. Zahlte der Jude nicht, so wurde er als bolschewikischer Spitzel in das Gefängnis geschleift zur polizeilichen Voruntersuchung. Sie dauerte ein paar Monate. Dann wurde der Jude, dessen Schiffskarte, dessen amerikanisches Visum verfallen war, wieder an die Grenze gebracht. Die Nationale Bürgerliga durfte Waffen tragen. Ihre Mitglieder schossen. Deutsche Prinzen legten Uniform an und fuhren durch die Städte. Alte Generale schepperten mit Orden und Sporen. Streikende Arbeiter, die vor den Betrieben standen, wurden von der Nationalen Bürgerliga gestochen, erschossen, geknüppelt. Die Zeitungen meldeten, daß die Arbeiter Passanten bedroht hatten und nur mit Waffengewalt auseinandergetrieben werden konnten. Wanderprediger zogen durch die Straßen. Sie sprachen von der nationalen Erhebung. Alle Bürger in den Geschäften, in den Kaufhäusern, in Fabriken, in Ämtern sprachen von der nationalen Erhebung. Sozialistische Zeitungen erwarteten jeden Tag neue Überfälle. Die Polizei kam zu spät und nahm Tatbestände auf.

Es war ein Sieg der Ordnung.

Es erwies sich, wie nützlich Benjamin Lenz sein konnte. Der Journalist Pisk brachte einen Bericht über Theodor Lohse. Andere Journalisten baten um Interviews. Man zählte alle vergangenen Taten Theodor Lohses auf. Man erdichtete neue. Theodor Lohse lebte, überschüttet von Ruhm, von Journalisten bedrängt. Reiche jüdische Häuser luden ihn ein. Einmal kam er sogar zu Efrussi. Wie lang war das her! Wieviel hatte er erreicht! Jetzt stand er im Hause Efrussis, mit Politikern, Bankiers, Schriftstellern, ein Gast wie sie. Jetzt hätte er, ein Ebenbürtiger, mehr, ein Held in Uniform, ein Berühmter, der Frau Efrussi entgegentreten können. Aber jetzt klang ihre Stimme aus einer weiten Ferne herüber. Jetzt lächelte sie nicht mehr, verschwunden war ihre Güte, keine Wärme kam von ihr, sie nickte Theodor zu, er konnte kaum die Spitzen ihrer kühlen Finger berühren, und es war etwas wie ein Hohn in ihrem Gesicht, als wollte sie sagen: Ei, sieh den Theodor Lohse!

Theodor konnte Frau Efrussi vergessen, wenn er mit Fräulein von Schlieffen sprach, die mit ihrer Tante in Potsdam wohnte und sehr gut tanzen konnte. Theodor war kein Tänzer, auch im Sattel nahm er sich nicht besonders gut aus. Fräulein von Schlieffen ritt aber jeden Morgen. Und obwohl ihr alle Offiziere der Garnison zur Verfügung standen, zog sie Theodor vor. Sie war sechsundzwanzig, eine Waise, aus berühmter Familie, aber ohne Geld. Der Vater hatte sein Leben als bescheidener Geheimrat, der Gesandtschaft in Sofia zugeteilt, beschließen müssen.

Die Tochter war im Stift erzogen. Die Tante hatte immer für sie gesorgt. Jetzt war Zeit, sich nach einem Mann umzusehen. Das wäre früher leicht gewesen. In der Republik wurde man eher alt, blieb man länger ledig. Wichtiger als Verbindungen war jetzt das Geld in dieser neuen Zeit. Was galt dieser Name? Nie hätte eine von Schlieffen einen Bürgerlichen geheiratet. Jetzt konnte man es. Noch war man blond, noch waren ein paar allzufrühe Fältchen an den Schläfen nicht deutlich geworden, noch konnte man seine weißen, gesunden Zähne zeigen. Aber die Beine wurden schon merklich dicker, und in mancher Nacht fand man keinen Schlaf, Herz und Körper sehnten sich nach dem Mann. Es gab keinen so bescheidenen wie Theodor Lohse. Keinen, dem Ruhm, Erfolg und Ehrgeiz nicht Schüchternheit vor den Damen genommen hätten. Er war mehr als dreißig. Im besten Alter für die Ehe. Er hatte eine Zukunft. Eine Frau, die hoch hinauswollte, konnte seinen Ehrgeiz nützlich machen. Elsa von Schlieffen war in dem Alter, in dem man vernünftig denkt, und aus einer Familie, die zur Karriere verpflichtet.

»Warum heiraten Sie nicht?« fragte Benjamin Lenz. »Heiraten Sie«, drängte er.

Es war Zeit, Abschied von der Reichswehr zu nehmen. Wenn es nach denen in München gehen sollte, konnte man sein Leben lang bei der Reichswehr bleiben und Stabsoffizier werden. Trebitschs Stelle war schon besetzt. Man mußte sich umsehen. Was kam aus der Volkstümlichkeit des Tages? Ach! Es war ein kurzer Ruhm! Morgen ereignet sich Neues, und die Zeitungen sind undankbar. Man vergißt. Man macht vergessen.

Benjamin Lenz will an der Quelle sitzen, er braucht nicht beliebige Freunde, er braucht Männer in hohen Ämtern. Benjamin hat keinen Bedarf an kleinen Leutnants. Er will Berichte aus erster Hand; Einblick in einen wichtigen staatlichen Betrieb.

Theodor müßte heiraten. Dieser simple Theodor wird unter den Händen einer ehrgeizigen Dame höchste Ämter bekleiden. »Nützen Sie die Konjunktur aus!« sagte Benjamin.

Freilich konnte er nicht mehr Soldat sein. Wie war er gewachsen. Vor einem Jahr noch hätte er sein Leben als Offizier beschließen mögen. Was war alles vor einem Jahr noch!
Armselige Zeit, Schinkensemmeln und Kaffee mit Haut bei Efrussi, Hülsenfrüchte einmal in der Woche und die »Weisen von Zion«. Anders, als in dem Buche stand, waren die Zionweisen. Sie strebten nicht die Macht in Europa an. Sie hatten Verstand. Sie hatten Geld. Am größten war die Macht des Geldes. Aber es ließ sich nicht erobern. Längst wuchs Theodors Kapital nicht mehr, Benjamin Lenz sagte: »Verkaufen Sie! Wer an der Börse nicht heimisch ist, den bestiehlt sie. Wie die Zigeuner machen sie es.«
Benjamin sah es gern, wenn Theodor kein überflüssiges Geld hatte. Benjamin leiht seinen Freunden willig und bar. Er ist ein nobler Mensch, Benjamin Lenz. Er ist glücklich, wenn er Theodor helfen kann.
München hätte gern Theodor bei der Reichswehr gelassen. Aber er war heute nicht mehr abhängig wie einst. Er meldete sich krank. Er war ein Neurastheniker. Neurasthenie ist nicht nachweisbar, sagte Benjamin Lenz.
Theodor schied aus der Reichswehr. Eine intime Feier veranstaltete das Kasino. Er meldete seinen Austritt in München und bat um neue Aufträge.
Es war ihm, als hätte er letzte Hindernisse aus dem Wege geräumt.

Kapitel 24 **Eine Woche später verlobte er sich mit Fräulein von Schlieffen.** Geld für Geschenke, Blumen, eine Feier streckte Benjamin vor.
Unerschöpflich schienen Benjamins Gelder.
Fräulein von Schlieffen tanzte nicht mehr. Auch ritt sie nicht mehr. Sie verlor plötzlich alle sportlichen Leidenschaften.
Sie saß zu Hause und stickte Monogramme auf Hemden, Unterhosen, Taschentücher.
Jeden Abend kam Theodor nach Potsdam.
Der erste Schnee fiel. Feuer brannte im Kamin.
Einmal brachte Theodor seine Schwestern mit.
Sie saßen stumm und knicksten vor der Tante und gingen.
Sie waren betäubt von dem Klang des Namens: Schlieffen.
Theodors Mutter traute sich nicht einmal, nach der Braut zu fragen.
Längst war Theodor nicht mehr im Hause der geringschätzig Geduldete. Wie gut hatte es Gott gewollt, daß er Theodor am Leben gelassen hatte.
Wenn der selige Vater noch lebte! dachte die Mutter. Sie stickte auch Monogramme. Sie trieb mit einer roten Seide gereimte Sprüche in verschiedene Gegenstände.
Der große Hilper hatte jetzt das Ministerium für Inneres. Er kannte ja Theodor. Ob er ihn kannte.
Der Pressechef war jener kleine Redakteur des »Nationalen Beobachters«.
Allen gefiel Theodor. Er war ein gefälliger Mensch und be-

scheiden trotz allen Verdiensten. Auch besaß er Kenntnisse. Er schien mit der Presse gut zu leben. Und er hatte gesellschaftliche Beziehungen.
Keine Sünde war von ihm bekannt geworden. Niemals hatten ihn Gerichte gesucht. Er besaß ein tadelloses Vorleben. Er war sogar Jurist.
Weshalb sollte Theodor nicht in ein Amt kommen?
Hilper beschloß, Theodor Lohse in ein Amt zu bringen. Er versprach es auch.
Jetzt ging Theodor durch die Ämter, Geheimräte schüttelten seine Hand, sie wußten noch nicht, wozu er ausersehen war; aber daß er ausersehen war, wußten sie.
Der Journalist Pisk brachte einmal seinen Freund Tannen mit. Der Name Tannen war ein Pseudonym. Aber Tannen selbst ein gesprächiger Mensch, ein lächelnder Mensch, er lächelte ein Berufslächeln wie Jongleure, wenn sie sich verneigen.
Kleine Notizen brachte Tannen in die Zeitungen. Er berichtete, daß beim Staatssekretariat für öffentliche Sicherheit eine neue Stelle geschaffen würde; eine Art Relaisposten zwischen dem Ministerium des Innern und dem Staatssekretariat und der Polizei.
Der Journalist Pisk ging zum Minister und erkundigte sich.
»Ich habe noch nichts davon gehört!« sagte Hilper. Denn Hilper war ein einfacher Mann, ein westfälischer Oberlehrer und kein Diplomat.
»Aber es wäre doch eine glänzende Idee«, sagte Pisk.

Und dann erzählte Pisk, daß der Professor Bruhns von der Sternwarte seinen sechzigsten Geburtstag feierte.
Der Minister war ein klassischer Philologe und verstand nichts von Astronomie.
»Hat er Verdienste?« fragte der Minister.
»Und ob! ... Er ist einer der besten Meteorologen«, sagte Pisk. »Er hat ein zweibändiges Werk über Saturn geschrieben.«
»So!« sagte der Minister. »Es ist gut, daß Sie mir das sagen. Soll ich schriftlich gratulieren? Oder einen Vertreter schikken?«
»Einen Vertreter, Exzellenz«, sagte Pisk.
Ihn ging der Professor gar nichts an, aber er mußte Brücken finden, Brücken zum Thema: Lohse.
»Wissen schon«, sagte Pisk – er vermied direkte Ansprachen –, »daß Lohse heiratet?«
»Ah! ...« sagte der Minister. »Wen?«
»Eine von Schlieffen! ...«
»Schlieffen?! Guter Name!«
»Große Karriere eigentlich!« sagte Pisk.
»Reich?«
»Sie soll reich sein!«
»Donnerwetter!« sagte der Minister, der ein armes Mädchen geheiratet hatte, als er noch Professor gewesen.
»Gescheiter Junge!« sagte Pisk.
»Und bescheiden!« fügte der Minister hinzu.
Und dann sprachen sie noch von Professor Bruhns.
Und Pisk schrieb:

»Die Nachricht von der neuen Stelle beim Staatssekretär für öffentliche Sicherheit wird von zuständiger Seite bestätigt. Als kommender Mann ist ein in den letzten Wochen oft genannter ehemaliger Offizier in Aussicht genommen.«
Im Jänner war die Hochzeit.

Kapitel 25 Zum erstenmal ging Benjamin Lenz zu einer Trauung. Er ging nicht, er glitt im Auto vor das Portal der Kirche, er trug zum erstenmal Zylinder und Frack, und später saß er an einem Tisch mit Offizieren und alten Damen und trank Wein, den er selbst gekauft hatte.
Es war eine großartige Hochzeit. Theodor trug Paradeuniform. Kameraden in Paradeuniformen glänzten, klingelten, rasselten. Aus den Potsdamer Fenstern sahen die Leute, vor der Kirche standen sie, trotz der Kälte.
Der Oberst hielt eine Rede, auch Major Lübbe sprach und erwähnte einmal den Grafen Zeppelin, nur aus Gewohnheit, ohne besondere Notwendigkeit. Elsa drängte Theodor zur Dankrede, aufstehen mußte er und sprechen, und es verwirrte ihn der schräg zu ihm aufsteigende Blick seiner Braut. Eine große Liebe für alle Anwesenden überflutete sein Herz, ein paarmal stand er auf, um Benjamin Lenz die Hand zu drücken, der ihm gegenübersaß.
Benjamin freute sich. Das war die europäische Hochzeit. An seiner Seite saß die Majorswitwe Strubbe und erzählte von Kattowitz, wo sie ihre schönsten Jahre verlebt hatte. Benjamin hörte nicht, Benjamins tiefer Blick verglomm irgendwo im Weiten, er dachte an Lodz, an die schmutzige Barbierstube seines Vaters und sah den einzigen, blindgewordenen Spiegel im Laden. Wie einfach und weise waren die Reden alter Juden in Lodz, wie treffend ihr Witz, maßvoll ihr Gelächter, schmackhaft ihre Speisen, die Speisen der verachteten, geschlagenen, in Barbarei lebenden Juden, die keine Helme trugen und nicht glänzen und nicht scheppern konnten.

Das war die europäische Hochzeit, hier heiratete einer, der ohne Sinn getötet, ohne Geist gearbeitet hatte, und er wird Söhne zeugen, die wieder töten, Europäer, Mörder sein werden, blutrünstig und feige, kriegerisch und national, blutige Kirchenbesucher, Gläubige des europäischen Gottes, der Politik lenkte. Kinder wird Theodor zeugen, buntbebänderte Studenten. Schulen werden sie bevölkern und Kasernen. Und Benjamin sah den Stamm der Lohse. Es gab Arbeit. Sie werden einander morden.
Und Benjamin lauschte den Telegrammen, die Major Lübbe vorlas. Glückwünsche kamen von Pisk, von anderen Journalisten, vom Minister Hilper und von Geheimräten und auch von Efrussi. Dann machte Major Lübbe eine Pause, atmete hörbar und las ein Telegramm Ludendorffs vor.
Und jedesmal sprach einer Worte, papierne Worte, europäische Worte. Es war Benjamin, als hätte er selbst diese Hochzeit bestellt, ihm führten die Europäer ein lächerliches Stück ihres Lebens vor, damit er sich amüsiere.
Er amüsierte sich. Über den Pfarrer, der mit Ergebenheit, als ließe er Schreckliches über sich ergehen, jedesmal neuen Wein in sein Glas goß und immer schweigsamer wurde und aus schwimmenden Augen Blicke zu Gott schickte, flehende Blicke, demütige Blicke. Laut war der Oberst, er mußte eine schwache Blase haben, er rückte seinen Stuhl, verschwand immer und kam nach einigen Minuten wieder mit einem Witz, und die Offiziere lachten dreimal scharf und kurz und sachlich. Wie schüchterne, kleine Tiere huschten die Augen der alten Frau Lohse, die rechts neben

dem Obersten saß, und wenn er etwas sagte, lächelte sie, und wenn er zur alten Frau von Schlieffen sprach, war sie froh, daß sie den Obersten nicht anzusehen brauchte, und sie schaute Theodor an, Theodor und die Braut. Und die Frau von Schlieffen trug eine strenge Potsdamfrisur, ihre Haare waren straff nach oben gekämmt und ließen die gelben, dürren Ohren frei, die aussahen wie alte Blätter, und der Anblick ihres Haarknotens schmerzte den Betrachter.

Wie scherzte Theodor, er erzählte seiner Braut Anekdoten, denn er mußte sprechen. Und wenn er Gleichgültiges sagte, lachte Elsa, denn sie mußte sich unterhalten. Er war stolz. Schön war seine Braut, aber er dachte manchmal an Frau Efrussi, und tief, in geheimsten Tiefen, wälzte er die Frage: ob sie schöner, besser sei als Elsa. Diese Jüdin ärgerte ihn. Alles ärgerte ihn. Obwohl er eigentlich froh sein sollte. Er nahm eine von Schlieffen zur Frau. Seinetwegen gab sie den Adel auf, vertauschte den alten, klingenden Namen mit einem schlichten, wenn auch oft und rühmlich genannten. Die ersten Monate waren gesichert, eine stille Wohnung war gemietet, die Aktien hatte Benjamin, der Treue, gegen Devisen umgetauscht. Jetzt, morgen ging er in sein Heim. Übermorgen, die nächsten Tage und Wochen blieb er dort. Die nächsten Tage und Wochen lagen vor ihm freudenreich, seine Nerven brauchten Erholung. »Du mußt dich erholen, Liebster«, sagte Elsa. Er mußte sich erholen.

Er packte im Vorzimmer Geschenke aus, die Nacht lag vor den Fenstern, rötlich brannte die Ampel im Schlafzimmer.

Elsa umklammerte ihn, drückte ihn, er tastete nach ihr, er roch an ihrem Haar, er streichelte ihren Nacken.
Am nächsten Morgen erhielt er Blumen von Benjamin Lenz und ein großes Bild. Zur Erinnerung an vergangene Zeiten, schrieb Lenz.
Es war ein Porträt Theodors vom Maler Klaften. Elsa hängte es in Theodors Arbeitszimmer.

Kapitel 26 Benjamin Lenz hat es mit Dollars bezahlt, er hat es nicht zu teuer bezahlt.
Theodor ertrug sein Porträt. Er fürchtete es nicht mehr.
Er trug einen modernen Anzug mit wattierten Schultern und einem einzigen Knopf am Rock. Er fühlte sich fremd in dieser Kleidung, er fand seine Taschen nicht, sie waren hoch angebracht und schief geschnitten.
Er trug seine breiten Füße in spitzen Schuhen aus dünnem Leder. Er fror und litt Schmerzen, aber er fand es hübsch.
Er hätte nach München fahren sollen. Er mußte doch mit Seyfarth sprechen. »Fahr nicht!« sagte Elsa. »Sie werden zu dir kommen.«
Er hatte Angst, daß sie nicht kommen würden. Aber er äußerte keine Furcht.
»Liebster«, sagte Elsa, »ich muß zu dir aufblicken.«
Und er ließ sie zu sich aufblicken.
Er verlor sich ein wenig. Er begann zu glauben, was sie sagte, woran sie glaubte.
Sie ging in die Kirche. »Ich bin es gewohnt!« sagte sie. Und er ging mit.
Denn er war eifersüchtig.
Sie wollte nicht in ein Abteil steigen, in dem Juden saßen. Er stieg mit ihr in ein anderes Abteil.
Sie mußten in der Stadtbahn zweiter Klasse fahren. Er kaufte keine Wochenkarten.
In Berlin wurde sie oft müde. Sie wollte im Auto fahren. Und er fuhr.
Sie sah das Porträt Theodors verliebt an. Und Theodor

wußte, daß seine Angst damals übertrieben gewesen. Es war die Aufregung. Ja, das Porträt gefiel ihm. Klaften hatte es auch gemalt, als er noch Theodor für einen Genossen hielt, den Genossen Trattner.
»Wann hat er dich gemalt?« fragte Elsa. »Kennst du den Maler Klaften?« Und sie war stolz.
Theodor wartete auf eine Gelegenheit. Er wollte seiner Frau seinen Werdegang schildern.
Einmal erzählte er. Einen geeigneten Abend wählte er. Es blies der Wind durch den Kamin. Elsa stickte bunte Blumen in ein Kissen. Theodor begann von Trebitsch zu erzählen. Der war ein sehr gefährlicher Jude. Theodor hatte ihn zuerst erkannt. Man hörte nicht auf Theodors Warnungen. Leider. Den Prinzen verschwieg Theodor.
Aber den Maler Klaften beschrieb er. Den jungen kommunistischen Thimme. Er ließ den Polizeispitzel Thimme wachsen, älter und einen Führer werden. Und nicht um die Siegessäule hatte es sich gehandelt. Das ganze Zentrum Berlins hätte gesprengt werden sollen. Das Ekrasit lag in den Kanälen.
»Warst du in Lebensgefahr?« fragte Elsa.
»Nicht der Rede wert!« sagte Theodor.
»Erzähle von den Landarbeitern«, bat Elsa.
Theodor erzählte. Es waren keine Landarbeiter. Landstreicher waren es, bolschewistische Agitatoren, alle bis an die Zähne bewaffnet. Theodor hatte damals eigentlich Pommern von allen gefährlichen Elementen gesäubert.
»Ich muß zu dir aufblicken«, sagte Elsa.

Dann erzählte Theodor von Viktoria, dem Tierweib, dem gefährlichen, der Spionin, die sich in ihn verliebte und die ihm alles gestand.
Elsa dachte ein wenig nach und sagte:
»Das ist aber eigentlich nicht schön!«
»Mein liebes Kind«, sagte Theodor, »unsereins kennt nur die Idee!«
»Und die eigene Frau!« ergänzte Elsa.
»Und die eigene Frau!« wiederholte Theodor.
Und sie küßten sich.

Kapitel 27 Jede Woche einmal ging Theodor zu Hilper. Seine Angelegenheit machte Fortschritte.
Elsa hatte sich ein Amt für Theodor ausgesucht. Es hieß: Chef des Sicherheitswesens.
So etwas gab es gar nicht. Dennoch ließ der Klang des Titels Theodor keine Ruhe. Immer dachte er: Chef des Sicherheitswesens.
Er wurde angestellt, beeidet, beglückwünscht. Er bezog sein Amt. Zehn Polizeiagenten warteten im Vorzimmer auf seine Befehle.
Es gab Konferenzen. Zwischen Polizei und Staatssekretär. Zwischen Staatssekretär und Minister. Zwischen allen. Theodor fuhr im Auto.
Die wartenden Polizisten machten sich an die Arbeit. Da sie noch nichts zu tun hatten, füllten sie Fragebogen aus. Sie schrieben die Listen der ausgewiesenen Kommunisten dreimal ab.
Immer, wenn Theodor das Vorzimmer betrat, saßen sie gebückt über raschelnden Papieren.
Dann bekamen sie Arbeit. Theodor fand sich zurecht. Er begann seine alte Tätigkeit. Er schickte Spione aus. Und weil

die Polizei selbst Verhaftungen ausführte, ließ Theodor noch mehr verhaften.
Lenz gab ihm Winke. Dort wohnte die Führerin Rahel Lipschitz. Verhaften! Morgen sprach der Pazifist Stock. Verhaften! Die sozialistischen Studenten machten internationale Abende. Redner kamen aus England. Im Bahnhof verhaften!
Theodor verhaftete. Er verhörte selbst. Kleine Missetaten gediehen unter seiner Hand zu Staatsverbrechen. Er brauchte einen Pressechef.
Pisk wurde Pressechef. Pisk versendete Greueltaten an die Zeitungen. Er säte zwischen allerlei außenpolitische Nachrichten kleine Gefahrmeldungen.
Die Presse widerhallte von den Gefahren, in denen sich das ganze Reich befand. Unterirdische Wühler waren an der Arbeit. Aber wachsam blieben die Behörden. Berichte über Verhaftungen schlossen mit dem Satz: In später Nachtstunde wird das Verhör fortgesetzt.
Die verstockten Häftlinge wußten nichts zu gestehen. Die Polizisten schlugen sie. Ein Agent führte den Mann vor und drehte ihm die Handgelenke nach rückwärts. Es war eine »Sicherheitsmaßregel«.
Wenn er die verfänglichen Fragen Theodors beantwortete, verringerte der Agent den Druck. Schwieg der Gefragte, dann verstärkte sich der Schmerz. »Antworten Sie!« sagte Theodor. Und alle Häftlinge kamen darauf, daß eine Beziehung zwischen ihren Antworten und den Schmerzen bestand. Und sie antworteten.

Überfüllt waren die Gefängnisse. Die Polizei verhaftete keine Diebe mehr. Die Untersuchungsrichter ließen jeden frei. Sperrte man einen Einbrecher ein, geschah es, damit er die anderen aushorche.
Und es füllten sich die Baracken. Man baute noch einige Hütten. Es war ein kalter Winter. Der Frost sang. Der Wind trieb zerstäubte Schneewogen. Durch die Fugen der Barackendächer fiel Schnee und schmolz und fror wieder auf dem Boden ein. Im Stroh, das feucht war und wie nasse Erde roch – es war ein Stroh, das nicht mehr rascheln konnte –, krochen Kinder, gelbhäutig, und ihre Rippen klapperten. Es war den Barackenbewohnern verboten, Kerzen anzuzünden, aber die elektrischen Birnen waren alt und untauglich, und die Männer saßen im Finstern beisammen und sangen. Sie sangen mit zerbrochenen Stimmen blutige Lieder.
Manchmal ging Benjamin Lenz mit einem Ausweis von Theodor Lohse inspizieren. Er nahm seine Soldaten mit. Er verteilte Zigaretten an die Männer, und er gab ihnen auf kleinen Zetteln Ratschläge und Fluchtpläne. Einigen gelang die Flucht aus den Baracken. Sie kamen zu Benjamin. Er konnte dem und jenem ein falsches Papier verschaffen. Aber die meisten hatten Frau und Kinder, und sie mußten auf ihren Transport warten. Sie warteten lange. Sie warteten auf den Tod.
Einmal kam Thimme zu Theodor, sie tauschten Erinnerungen an die alte Zeit bei Klaften aus. Thimme, der junge, liebte Theodor, er sagte es.

»Sie waren mir damals sofort sympathisch!« sagte Thimme.
Der ist gefährlich! dachte Theodor.
Ich muß mich in acht nehmen, dachte Theodor. Aber er nahm sich nicht in acht. Nach einigen Tagen gefiel ihm der junge Thimme. Es war ein begabter Mensch, ein schneller Junge. Er wollte nur einen Posten.
Und es erwies sich, daß Thimme Schlupfwinkel kannte. Die Gastwirte in Moabit, in deren Kellern Sprengstoffe und Waffen gelegen hatten. Heute lagen keine Waffen mehr dort. Aber Thimme wußte sie in den Kellern zu finden. Er brachte sie eine Nacht vorher unter. Er kannte Zugänge. Er hatte Schlüssel. Er war brauchbar.
Theodor nahm sich nicht in acht. In der satten Ruhe seines Hauses, in den sicheren Grenzen seines Amtes, das Ziel war und noch nicht Endziel, kleiner Gipfel vor größeren Gipfeln, wurde Theodor Lohse gemächlich, wie er immer gewesen, ehe Gefahren und gefährdete Ziele sein Mißtrauen, seine Wachsamkeit geweckt und seine Vernunft geschärft hatten. So wurde er, wie ihn Benjamin Lenz wollte. Er konnte ohne Benjamin nicht mehr arbeiten. Ihn brauchte Theodor im Amt, wie er seiner Frau zu Hause bedurfte.

Kapitel 28 Zu Hause wurde er sich seiner Bedeutung bewußt. Hier geschah, was er befahl, hier geschah auch, was er im stillen nur wünschte. Er aß immer Speisen, die er ersehnte, ohne von ihnen zu sprechen. Er fand seine Kleider gebürstet, seine Hose gebügelt, alle Knöpfe an den Hemden; kein Papier vermißte er, seine Waffen lagen geordnet – er liebte die Waffen –, und seine Pistole putzte Elsa. Auch sie liebte Schießwaffen.

Er war nirgends so mächtig wie zu Hause. Fiel ihn die Lust an zu herrschen – er konnte es. Ergriff ihn Verlangen nach Wärme – sie wurde ihm. Hier zweifelte niemand an seiner Vollkommenheit. Er klagte am Abend über allzuviel Arbeit. Elsa sagte: »Du bist überlastet.« Er hob seine Verdienste hervor. »Du hast ein gutes Auge«, sagte Elsa, und er hielt sich für einen Menschenkenner. »Ich liebe den Lenz«, sagte Theodor. »Er ist ein treuer Freund«, erwiderte Elsa. Und er glaubte an Benjamins Treue. Er hörte das Lied vom schwarzbraunen Mägdlein gern, Elsa spielte es, unaufgefordert, vor dem Schlafengehen. Sie liebte weder das Lied noch Benjamin Lenz, noch glaubte sie an Theodors Vollkommenheit. Aber es war nötig, in kleinen Dingen nachzugeben, um in großen recht zu behalten. Eine von Schlieffen heiratete einen Bürgerlichen nur, weil sie hofft, daß er es zu den höchsten Stellen im Staate bringen kann. Dazu gehörte vor allem Beredsamkeit. Und sie brachte Theodor zum Sprechen.

Er vergaß fast seine Frau. Er fing leise an und steigerte die Kraft seiner Stimme. Er sprach nicht in seinem Zimmer. Er sprach im großen Saale. Von tausend Menschen schlug

ihm achtungsvolles Lauschen entgegen, wie etwas Körperliches. Er sprach gut, wenn er eifrig sprach. Ein fremdes Licht entzündete sich in seinen Augen. Er glaubte an seine Worte. Seine Überzeugung war die Folge seiner eigenen Rede und wuchs mit dem Schall der Laute. Seine Stimme überzeugte ihn.
Er sprach von der Notwendigkeit, das Vaterland zu retten, und er gewann den Glauben seiner Jugend wieder. Alle Erfahrungen waren ausgelöscht. Er haßte ehrlich den inneren Feind, den Juden, den Pazifisten, den Plebejer. Er haßte sie wie damals, als er den Prinzen und Trebitsch, den Detektiv Klitsche und den Major Seyfarth noch nicht gekannt hatte. Auch Elsa haßte die inneren Feinde. Elsa war national. Sie sprach von dem schlechten Duft der Juden. Und Theodor glaubte, sich erinnern zu können, daß Trebitsch jüdisch gesprochen hatte. Benjamin Lenz allein nahm Theodor aus. Er wußte nichts Genaues über Lenz. Aber er wollte auch nichts wissen. Er ordnete Benjamin Lenz unter seine Freunde wie den jüdischen Journalisten Pisk.
Und immer, wenn er so vor seiner Frau gesprochen hatte, schwoll am nächsten Morgen sein Zorn gegen die inneren Feinde, und er griff nach seiner blutigen Arbeit mit fleißiger Wollust. Die Verhafteten, die vor ihm standen, was wollten sie eigentlich in Deutschland? Gefielen ihnen die Zustände nicht, weshalb blieben sie? Wanderten sie nicht aus? Nach Frankreich, Rußland, Palästina? Er stellte diese Fragen an die Verhafteten. Einige sagten: »Weil Deutschland meine Heimat ist.« »Sind Sie deshalb ein Verräter?« fragte Theodor.

»Sie sind es selbst!« erwiderten sie. Sie waren froh, wenn man sich mit ihnen auseinandersetzen wollte. Und sie büßten für ihre ungebührliche Antwort auf der Stelle. Der Agent an ihrer Seite zerrieb die Knochen ihrer Handgelenke.
Manchmal brachte man vor Theodor Blutiggeschlagene, rotes Blut rann über ihre Gesichter. In Theodor flammte das alte, rauschende Rot auf, rote Sonnenräder kreisten vor seinem Auge, ein Jubel sang in ihm, Jubel hob ihn hoch, er freute sich, war leicht und beschwingt.
Einer lebte, dessen Blut er sehen wollte, jener Mann, der ihn verfolgt hatte. Noch sah Theodor das flackernde Haar des Mannes, sein weißes, hassendes Angesicht, den hochgeschwungenen Arm; den Sang des niedersausenden Stokkes hörte er und fühlte Schmerz in der geschlagenen Hand. Noch lebte der Mann, der Theodor feige gesehen hatte, ihn, Theodor Lohse, als flüchtigen Feigling. Nach diesem Mann fahndeten alle Spitzel vergebens, sein Versteck suchte man von allen Verhafteten zu erfahren. Bei jeder Meldung, daß ein neuer Häftling angekommen, hoffte Theodor, auf die Spur seines Feindes zu kommen. Die meisten folterte man vergeblich. Sie wußten nichts oder verrieten nichts. Einige teilten Falsches mit. Und hielt man ihnen dann ihre Lügen vor, so lachten sie. Oder sie hatten sich geirrt.
Nur von einem konnte Hoffnung kommen, von Lenz. Lenz kannte den Mann.
»Es ist sozusagen Günthers Schwager«, erzählte Lenz. »Eine Art Familienrache. Er will Sie umbringen. Aber ich glaube, ich bin auf seiner Spur.«

Und immer wieder war es eine falsche Spur. Jeder Morgen brachte Benjamins Besuch und neue Hoffnungen. Jeder Abend enttäuschende, schmerzhafte Kunde.
Lenz beschrieb ihn genau. Er war der Bruder jenes Mädchens, das Günther geheiratet hätte. Lenz sagte: »geheiratet hätte«. Manchmal sagte Benjamin: »für das Günther gestorben ist«. Und wenn er sich vergaß: »für das Sie ihn getötet haben«.
Und dieses Wort war unangenehm. Theodor sah die aufwärtsgekrampfte Oberlippe, weißes Zahnfleisch, einen schielenden Blick.
Aber Lenz beschrieb auch jenes Mannes Kleidung und seine Gewohnheiten. Er hatte ihn schon fast gefangen. Nur eine Lücke blieb immer offen, durch die der Gesuchte floh.
»Wir werden ihn finden«, versicherte Benjamin Lenz.
Aber er fand nicht den Mann, den Todfeind Theodors.
»Du hast einen Kummer«, sagte Elsa, »und erzählst mir nichts.«
»Es ist die Arbeit«, sagte Theodor. Und begann eine Rede über die Ziele der vaterländischen Politik.

Kapitel 29 Die Nacht verweigerte den Schlaf, und in ihrer rauschenden Stille schwoll Theodors Furcht vor dem unbekannten, schrecklichen Feind. Befand er sich jenseits der Grenzen? Lebte er in Theodors Nähe? Lebte er in Theodors Haus vielleicht, als Portier verkleidet? Hatte der Kellner in der kleinen Konditorei gegenüber dem Amt nicht das Gesicht des Feindes? Dieses flackernde Haar? Diese weiße Farbe des Hasses? Den starken, gewichtigen Gang? Die breiten Schultern?
Lebte jener Mann in der Uniform des staatlichen Chauffeurs, der Theodors Auto lenkte? Lauerte er nicht hinter jeder Straßenecke, um die Theodor bog? Hatte er nicht in diesem Hause, unter dieses Bett eine Bombe gelegt?
Theodor machte Licht und ging ein paarmal durchs Zimmer und sah durch das Fenster die stille Nacht in den Straßen und das zuckende Licht der Laterne und lauschte auf Schritte, die fern verhallten.
Spät, schon graute der Morgen, überwältigte Theodor schwerer Schlaf. Neue Hoffnung brachte der Tag, neue Furcht und die grausamen Stunden des Wartens. Zu Hause konnte Theodor über dieses eine nicht sprechen. Er hätte erzählen, alles von Anfang erzählen müssen. Von Günther erzählen, von Klitsche. Es wäre keine Erzählung – eine Beichte, Sturz von der mühsam erreichten Höhe, Entblößung, Selbstmord.
So blieb nur Benjamin.
Benjamin hörte, tröstete, versprach, erzählte Neuigkeiten, gab Ratschläge, erfuhr den Inhalt geheimer Konferenzen, er-

fuhr geheime Pläne der Regierung, photographierte Akten, verkaufte die Schriftstücke, brachte andere zu Theodor. Er hatte viel zu tun.
Es erhoben sich die Arbeiter in den Fabriksvierteln, und die Arbeitslosen demonstrierten, denn sie erhielten gar nichts mehr. Die lange mühsam gebändigte Wut der Massen flammte wieder auf. Aus Sachsen zogen Arbeitslose herbei, sie fuhren nicht mit der Bahn, sie kamen zu Fuß, sie wanderten auf den breiten Straßen der Länder, sie wanderten durch Schnee wirbelnden Wind, der den Frühling ankündigte.
Ja, es kam der Frühling. Man fühlte ihn schon auf den Straßen, in der Mitte schmolz der Schnee, und an den Rändern bedeckte ihn eine graue Kruste. Aber die Hungrigen, die Entwichenen, die geflüchteten Häftlinge und die Arbeiter, die noch vor der Verhaftung die Flucht aus ihrer Heimat ergriffen hatten und in der großen Stadt unerkannt zu verschwinden hofften, die Frauen, deren Männer getötet waren, die jüdischen Emigranten aus dem Osten, die jede Eisenbahn meiden mußten – sie fühlten den Frühling wie ein dreifaches Weh. Mit dem singenden Frost des Winters hatten sie sich befreundet, mit dem knisternden Schnee, seinen zärtlichen Flocken, aber den scharfen Wind, der in sich die kommenden Regen des April trug, der die Kleider zerbiß und in die Poren der Haut drang, ertrugen sie nicht.
Nieder fielen sie in den Straßen, und das Fieber schüttelte sie, mit klappernden Kiefern erwarteten sie die letzte Stunde, und dann lagen sie starr auf den Straßen, und mit-

leidige Flüchtlinge, die später kamen, begruben die Leichen in den Feldern, des Nachts, wenn die Bauern es nicht sahen.
Wie ein lächelnder Mörder ging der Frühling durch Deutschland. Wer in den Baracken nicht starb, den Foltern entging, von den Kugeln der Nationalen Bürgerliga nicht getroffen wurde und nicht von den Knüppeln des Hakenkreuzes, wen der Hunger nicht zu Hause traf, wen die Spitzel vergessen hatten – der starb unterwegs, und die schwarzen, großen Rabenschwärme kreisten über seinem Leichnam.
Krankheiten lagen geborgen in den Kleiderfalten der Wanderer, Krankheiten hauchte ihr Atem. Der Gendarm, der ihnen unterwegs entgegentrat, sog die Krankheit ein, die in ihrem Fluch lag, und wenn ihn nicht die Überzahl ermordete, starb er nach einigen Tagen. Soldaten starben in den Garnisonen. Patrouillen, die auf die Landstraßen ausgeschickt wurden, schlichen auf Seitenwegen, um der großen Krankheit nicht zu begegnen, und entgingen dem Tode nicht.
In den Städten aber sprachen die Bürger von der nationalen Erhebung, hielt Theodor Vorträge. Jetzt, mehr als je, drohte der innere Feind, und an der Grenze standen die Nachbar-

staaten bereit, ins Land zu marschieren. Gymnasiasten exerzierten. Richter exerzierten. Priester schwangen Knüppel. Vor den Altären Gottes, in den großen, schönen Kirchen des Landes, predigten Wanderredner.
Theodor Lohse beschäftigte alle Gymnasiasten, alle Studenten, die Nationale Bürgerliga. Er sprach am Abend in öffentlichen Versammlungen, er sprach sich hinauf, schon galt er mehr als der Polizeipräsident, mehr als der Staatssekretär für öffentliche Sicherheit, mehr als der Minister.
Er stand auf dem Podium, und der Schall seiner eigenen Stimme hob ihn empor. Seine Frau saß in der ersten Reihe. Gesichert waren die Eingänge, die Türen, die Fenster, hier vergaß er jede Gefahr und sogar den Feind, den lauernden, den unbekannten. »Ich muß zu dir aufschaun!« sagte Elsa, und sie saß in der ersten Reihe und sah zu ihrem Mann empor, dem Erwachsenen und Wachsenden, Chef der Sicherheit – dachte sie –, Präsident des Reiches, Platzhalter für den kommenden Kaiser. Rauschende Feste in weißen Sälen, marmorne Treppen, goldene Lüster, große Abendtoilette, klirrende Sporen, Musik, Musik.
Neue Wahlen waren ausgeschrieben, wer weiß, ob nicht eine neue, glänzendere Stellung frei war.
Die Zeitungen schrieben: Theodor Lohse. Berichterstatter aus fremden Ländern kamen. »Die Welt« kannte Theodor Lohse. In den großen amerikanischen Blättern war seine Photographie.
»Einer der führenden Männer« hieß Theodor Lohse.
Warum nicht: der führende Mann?

Kapitel 30 Einmal kam Theodor spät am Abend ins Büro und traf Benjamin Lenz vor offenen Schränken.
Lenz photographierte Akten.
Als er Theodor sah, zog er seine Pistole.
»Ruhe!« sagte Benjamin.
Theodor setzte sich auf den Tisch, er taumelte.
»Ruhe!« sagte Benjamin.
»Spitzel!« schrie Theodor.
»Spitzel?« fragte Benjamin. »Sie waren mit mir bei den Gegnern. Sie haben Aufmarschpläne verraten. Ich habe Zeugen. Wer hat Klitsche ermordet?«
»Gehen wir!« sagte Benjamin Lenz.
Und Theodor ging mit Benjamin aus dem Hause.
»Fahren Sie zu Ihrer Frau!« sagte Lenz und begleitete Theodor zu einem Auto.
»Und schlafen Sie gut!« rief Benjamin, während der Chauffeur kurbelte.
Und Theodor fuhr heim.
Seine Frau spielte noch vor dem Schlafengehen. Die Fenster waren offen, und eine milde Märzluft blähte die Vorhänge.
»Du wirst jetzt große Aufgaben haben!« sagte Elsa.
»Ja, mein Kind!«
»Wir müssen bereit sein!«
»Ich bin bereit!« sagte Theodor und dachte an eine Ermordung Benjamins.
Benjamin Lenz ging in der Nacht zu seinem Bruder. Die Brüder hatten einander lange nicht gesehen.

[redacted]

[redacted]

»Hier hast du Geld und einen Paß«, sagte Benjamin, »fahre heute noch weg!«
Und Lazar, sein Bruder, verschwand.
Sie kannten einander gar nicht, Lazar wußte nicht, was Benjamin trieb, woher er Geld nahm und Paß, aber er verschwand.
Alles wußte er, man schwieg oder sprach ein kleines, gleichgültiges Wort, und eine Welt war in dem kleinen, lächerlichen Wort.
Man konnte jedem beliebigen Juden aus Lodz ein einziges kleines Wort sagen, und er wußte.
Man braucht einem Juden aus dem Osten keine Erklärungen zu geben. Sanfte braune Augen hatte Lazar, der Bruder. Sein Haar lichtete sich. Er studierte so viel, er machte Erfindungen.
»Kannst du deine Studien unterbrechen?«
»Ich muß«, sagte Lazar und war auch schon fertig. Er hatte nur einen Koffer. Und der Koffer war gepackt. So, als hätte er diese Abreise jeden Augenblick erwartet.
»Bist du schon Doktor?« fragte Benjamin.
»Seit einem Jahr!«
»Woran arbeitest du?«
»An einem Gas.«
»Sprengstoff?«
»Ja!« sagte Lazar.
»Für Europa«, sagte Benjamin.
Und Lazar lachte. Alles verstand Lazar. Was war Benjamin dagegen? Ein kleiner Intrigant.

Aber dieser junge Bruder mit den sanften, golden schimmernden Augen ließ den ganzen Weltteil in die Luft fliegen.
Um halb eins ging der Zug nach Paris.
Auf dem Bahnsteig stand Benjamin.
»Vielleicht komme ich nach«, sagte Benjamin.
Dann winkte Benjamin. Zum erstenmal winkte er. Und der Zug glitt aus der Halle. Leer war der Bahnsteig, und ein Mann sprengte Wasser aus einer grünen Kanne.
Viele Lokomotiven pfiffen irgendwo auf Geleisen.

Die Illustratorin Franziska Neubert wurde 1977 in Leipzig geboren. Noch bevor sie 1996 begann, Buchkunst und Grafik an der Hochschule für Grafik und Buchkunst in Leipzig zu studieren, wurde sie mit dem *Jugendkunstpreis der Stadt Leipzig* ausgezeichnet. 2005 nahm sie das Meisterschülerstudium auf, das sie im September 2007 abschloß. Seit 2008 lehrt Franziska Neubert in Dresden. Ihre Werke wurden vielfach ausgezeichnet (zuletzt 2009 mit dem *Hans-Meid-Förderpreis für Illustration*), erschienen in verschiedenen Print-Veröffentlichungen und waren in zahlreichen Ausstellungen zu sehen.
Bei ihrer Arbeit an dieser Ausgabe von Joseph Roths *Das Spinnennetz* wollte Franziska Neubert mit ihren Illustrationen das Augenmerk auf die Zwischenräume des Daseins zu der Zeit um 1923 lenken, auf die Abgründe, die durch Haß, Verrat, Begierde, Zwietracht, Mißgunst oder Mord aufgerissen werden. Die Bilder fungieren als Verbindung zwischen damals und heute: »Ich wünsche mir, daß sie eine Brücke für den heutigen Leser bauen. Dafür habe ich grafische Zitate der zwanziger Jahre und die Technik des Linolschnitts mit zeitgenössischen grafischen Techniken kombiniert. Teilweise verwendete ich bis zu sechs Farbauszüge, die am Rechner zusammengefügt wurden.«

Zu diesem Titel erscheint eine limitierte Vorzugsausgabe in einer Auflage von 100 Exemplaren mit einem farbigen Linolschnitt von Franziska Neubert. · Die Vorzugsausgabe trägt die ISBN 978-3-7632-6280-6.

1. Auflage 2010 · www.buechergilde.de · Mit freundlicher Genehmigung des Verlags Kiepenheuer & Witsch, Köln · Gesetzt aus der Franklin ITC BQ medium · Gedruckt auf 115 g/m² Fly 05 spezial-weiß · Gestaltung: Thomas Pradel, Frankfurt am Main · Satz: Dörlemann Satz, Lemförde · Druck und Bindung: CPI – Ebner & Spiegel, Ulm · Printed in Germany 2010 · ISBN 978-3-7632-6269-4